講談社文庫

カルマ真仙教事件(中)

濱 嘉之

講談社

目次

カルマ真仙教事件

（中）

第一章　地下鉄の悪夢

いよいよ全国の警察が総力を挙げてカルマ真仙教《しんせんきょう》に挑む時が来た。

警察庁刑事局と警視庁刑事部捜査一課が中心となり、カルマ真仙教の全施設に対して近々大規模な捜査を行うことが決まったのだ。

多くの県警本部捜査第一広域捜査官が秘匿で東京に入った。

警察庁刑事局長の大垣《おおがき》は、松林サリン事件が起きた長野県、ホテル経営者拉致事件が起きた宮崎県を始め、これまでカルマ真仙教によるトラブルの報告を上げた全県警本部に対し、幹部を上京させた。

「カルマ真仙教をこのまま放置すれば何が起きるか分からない。一般国民に甚大な被害が及ぶ前に、どんな小さな事案でも事件化できるものがあれば、早急にまとめてもらいたい。着手できるものからすぐに捜査に入る！」

大垣の飛ばした檄《げき》が大会議室に響いた。

そして各県警本部間の連絡や調整は、警察庁刑事局捜査第一課広域捜査指導室が行うことが説明された。

この捜査体制について鷹田《たかだ》は警察庁警備局警備企画課、チヨダの校長大石《おおいし》から聞いた。

「やっとその時がきました。日本警察の力が試されるのだと思ってください」

目に静かな闘志を浮かべて大石は言った。

「はい。カルマ真仙教の企《くわだ》ては必ず阻止してやります」

鷹田の拳に自然と力が入った。

「主任はこれまで通り私に情報を上げるように。大きな所帯で捜査をするとはいっても、情報は知るべき者だけに迅速に伝える、この原則は変わりません」

これだけの大捜査体制が敷かれることは異例であり、幹部たちの情報共有の仕方ひとつにおいても、確かにこの捜査で日本警察のあらゆる能力が露呈するに違いないと鷹田は感じた。

一九九五年元日、読日新聞が上十条村《かみじゅうじょう》の第七サティアンからサリンを生成した際に出る残留物質が検出されたと報じたことで、カルマ真仙教を警戒する世論が一気に高まり、波紋は広がっていった。

世間から厳しい批難を浴びたカルマ真仙教が、反撃とばかり暴発することを警察は恐れた。世田谷公証役場の事務長が拉致されたのは、カルマ真仙教が何らかの理由で資金集めを急いでいるからとの見立てもあり、その先に何か壮大な実行計画が準備されていないとも限らなかった。

その頃、怪文書「松林サリン事件に関する一考察」の続報ともいえる文書が再びマスコミ各社をざわつかせた。

続報の作者は、宮崎県ホテル経営者拉致事件の中継地点として利用されたのは、サリンの残留物が検出された上十条村であると断定していた。また、松林サリン事件の第一通報者を「気の毒な人物」と憐れみ、彼が長野県松林市から山梨県上十条村まで移動し、誤ってサリンを合成してしまう可能性は「小数点以下の数が無限大にゼロ」とも論じた。

鷹田はこの続報を書いた者が、昨年起きた松林サリン事件とホテル経営者拉致事件を関連づけて論じていることに注目した。さらにホテル経営者を拉致した際、上十条村のサティアンを経由したことは、ごく一部の警察の他はカルマ真仙教幹部しか知り得ないことだった。

「柿岡《かきおか》、続報を読んだか」

「松林サリン事件はカルマの犯行ですと自ら認めるような内容だったな」

それから東京通信社の柿岡俊治《しゅんじ》は、教団内の内部抗争の可能性を示唆した。

「ただ一点、あの作者の認識に誤りがあるのに気付いたぞ」

「どの部分だ？」

怪文書には、ホテル経営者には娘が四人いて、そのうち二人がカルマ真仙教に入信したとあった。

「ところが調べてみると、ホテル経営者には五人の娘がいたんだ。次女は幼い頃に亡くなっている。入信したのは三人で、そのうち一人はすぐに脱会したらしい」

警察はこの男性の戸籍謄本にあたり家族構成を確認していた。

「そうなのか。作者はどうして間違えたんだろうな」

「教団幹部は拉致事件に積極的に関与した四女の話を鵜呑《うの》みにしたんだろう」

カルマ真仙教に入信する際、信者は家族構成や家族の資産状況について詳しく聞き取りをされる。中でもある程度の資産がある信者は、出家後お布施《ふせ》として教団に渡せる金額を、動産と不動産に分けて細かく申告するよう迫られた。

教団は時として強引に信者から財産を取り上げた。それが初めてトラブルとして表面化し事件になったのが、四女が共犯となって父親を襲った、ホテル経営者拉致事件である。

「このホテル経営者はどうやって拉致されたんだ？　世田谷公証役場の事件と同じような手口なのか」

柿岡になら話せる範囲で教えてやろうと鷹田は思った。

「まず四女が父親の湯呑みにサイレースを垂らして眠らせたんだ」

サイレースとは睡眠薬の一種で、一ミリリットルで大人を昏睡させる威力を持つ。

「けれどこの父親は、知恵を絞って施設から自力で脱出した。ほとんど奇跡だよ」

四女は父親の口座から金を引き出そうとしたが、父親が予《あらかじ》め銀行に対して支払い停止措置を講じていたため、教団は金を手にすることはできなかった。

怪文書の続報ではこの拉致事件の顛末を次のように伝えている。

「父親は一計を案じた。カルマに心酔し、お布施を用意する芝居を打ったのである。

金を下ろすために宮崎へ向かうと手紙を書き、同時に密かに長女へ助けを求めるシグナルを送った。長女夫婦は弁護士事務所に相談し、警察と連携して宮崎県のカルマ教の施設に父親が移される情報を察知、空港で無事父親を保護することに成功したのであった」

「カルマは今必死に金を集めているようなんだ。世田谷公証役場の一件も、まとまった金欲しさからの犯行と言われている」

鷹田は懸念を吐露した。

「化学プラントや武器の密輸で金を使いすぎたのか、何かのためにもっと金が要るのか」

水面下で何が動いているのか柿岡にも分からなかった。

「なあ、そっちに阿佐川《あさかわ》の様子は入ってきているか」

「今年に入ってから阿佐川は相当苛《いら》ついていて、説法の中でサリンの話を持ち出すことが再び増えたらしい」

サリン——電話口で鷹田は舌打ちした。

すでに警察庁捜査第一課は、陸上自衛隊の化学兵器の専門部隊である大宮化学学校と協力し、サリンを始めとする神経ガスについての本格的な情報収集をスタートさせ、その対策を協議していた。

「去年阿佐川は機関誌『真仙会報』で、神経ガスを実験目的で一般に使用する可能性があると述べていた。その後、あの松林の一件を起こした。その流れで考えると……」

「〝実験目的〟での使用は果たされたと見ていいのか」

すぐさま鋭く柿岡は言った。

「そう、すでに予行演習は終わり、これからが本番と捉えるべきだと思う」

そう言ってから鷹田は首を振った。

「もちろんその本番が決行されてしまったら、公安の負けだけどな」

警察一体でカルマの動きを封じ込め、早期摘発に向けて準備を進めているのだ。

しかし鷹田には一抹の不安もあった。

昨年のホテル経営者拉致事件を突破口に、警察はカルマ真仙教の全施設に対して家宅捜索を行う方針を早々に出していた。しかし宮崎県警の捜査が難航したことで、その方針は実行されずに今年を迎えてしまった。また警察庁刑事局捜査第一課広域捜査指導室は動き出したばかりであり、形として各都道府県警の連携が図られるようになったものの、肝心の捜査指揮を行うにはまだ日が浅いように鷹田には感じられた。

警察大学校と警視庁警察学校は中野駅北口一帯の広大な敷地の中にあった。

野方《のがた》警察署に隣接して警察学校があり、その側には非常に古い建物が六棟連なっている。そこが警視庁の職員住宅であることは近隣住民にもよく知られていた。

しかし、その付近にあるもう一つの警察関係施設である警察庁官舎の存在は、そこが公務員住宅であることさえ一般市民で知る者はいないはずだった。

チヨダの大石はこの宿舎で家族と共に生活していた。

そしてある時、思いがけない事案が発生した。

大石が住む警察庁官舎と警視庁職員住宅の全郵便ポストに、カルマ真仙教の機関誌「真仙会報」が投函されていたのである。

大石は直ちに公安部に速報した。初めは警察ゆかりのこの土地一帯に対する嫌がらせかと思ったが、投函先が警察官の住居のみに限られていたことを知り愕然とした。なぜカルマ真仙教は警察庁官舎の場所まで把握しているのだろうか。

〈サリン事件の真相に迫る！〉

そう大きく書かれた表紙をめくって中を読むと、アメリカに対して激しく抗議する文章が続いていた。米軍の戦闘機やヘリコプターによる毒ガス攻撃を受け、カルマ真仙教の信者や教団施設が著しい被害を受けているというのだ。

誌面には阿佐川の三女の写真が掲載されていた。「毒ガス攻撃を受け皮膚が爛《ただ》れた」とキャプションが付けられている通り、三女の両頬はひどい火傷《やけど》の症状が出たように赤く腫れ上がっている。さらに記事によれば上十条村の施設内でも、毒ガス攻撃によって信者に甚大な健康被害が出ているらしかった。

「局長、これはわれわれ警察への挑戦状ではないでしょうか」

大石は杉野《すぎの》警備局長に報告した。

「カルマはどこまで本気でやっているんでしょうね。下手な真似をしたら逆に壊滅させられることぐらい、分かっているといいんですがね」

杉野は腹立たしげに言った。

松林サリン事件を起こし、その犯行がカルマであると断定する怪文書が撒かれた今、警察庁刑事局がカルマ真仙教に対して捜査に乗り出すことになることは、教団自身も感付いていたはずである。

「当初警備局は、カルマが行っている犯罪行為がテロと断定できない限り、うちとしては積極的には動かないとお聞きしていました。しかし、松林サリン事件は、テロの可能性が極めて高いわけです」

自宅のポストに入れられていた機関誌を手に持ちながら、大石は続けて言った。

「カルマをここまで付け上がらせてしまったことが、すでに問題なんです」

大石は機関誌を憎らしげに左掌に打ち付けた。松林市の裁判官官舎が狙われたように、今度は警察庁官舎が狙われても何ら不思議ではなかった。

「カルマはすでに喧嘩を売る先の区別もつかないのでしょう。つまりそれが狂気に踊らされているということです。学者並みのエリート集団だそうですが、所詮は、下手をすれば自分たちに法の裁きが下り壊滅させられるという子供でも分かる道理が理解できない奴らでしょう」

腕組みをしたまま杉野は呻《うめ》いた。

「しかも彼らはサリンという大量殺戮《さつりく》兵器を作り出す段階まで来ているのです……！」

「米軍、日本警察など大きな相手を仮想敵と見なすことで、教団内部の過激派は団結し一層興奮するんでしょうね」

杉野はしばらく瞑目《めいもく》した。

「大石君。その過激派を封じ込めるために、他の信者を利用すると考えた場合、君なら誰をどう動かせばいいと考えますか」

間髪を容れずに大石は口を開いた。

「私なら教団上層部の中の、はみ出し者を使うことを考えます。教祖に遠ざけられて不満を持っている者を利用するのです。宗教団体が過激化していく過程の裏には、必ずと言っていいほど教団内の危機的状況があります。それだけ今カルマ真仙教は切羽詰まっているのだと感じますし、教祖阿佐川の焦りも尋常ではないのでしょう」

そう言って大石はＡ３封筒から数枚の写真を出した。大きく引き伸ばされているが、細部まではっきりと見て取れるものだ。

「この大きな建物は第七サティアンで、こちらは異臭騒ぎのあった東京の小岩道場です」

杉野は目を細めて写真を見た。

「両方とも壁から異様なものが出ていますね」

建物の壁からは化学工場のような大きなダクトやパイプが延びていた。

「ドイツの情報機関からの報告によると、この第七サティアンのパイプは、かつてドイツ国内にあった化学兵器軍事研究施設のプラントから突き出ていたものと形状が酷似しているとのことです」

カルマ信者のドイツへの渡航歴も調べられていた。

「第七はサリンプラントで、小岩は貯蔵施設ということですか」

もう一度腕組みをして杉野は眉を深くひそめると、続けて尋ねた。

「サリン製造に必要な化学薬品の流通ルートについてははっきりしましたか」

すでに封筒に用意してあったもう一つのものを大石は杉野に見せた。

「これは伝票のコピーです。サリンを作る上で必要な劇薬のひとつである三塩化リンを、カルマが購入した際に切られたものです」

信者の立木拓也《たつきたくや》が役員を務めるペーパーカンパニーが、薬品業者から劇薬を購入した時の伝票だった。

「十三キロも、か……」

その量の多さに杉野も息を呑んだ。

これだけの三塩化リンを使えば、大量の殺戮兵器を製造することが可能だった。

「カルマが購入した三塩化リンは、すでに上十条村の教団施設に運び込まれていることも調査済みです」

これを見れば彼らが「本番」に向けて着々と動いていることは確実であり、大石は珍しく昂《たかぶ》った。

「局長。カルマは再びサリンを製造し、使用するつもりです。次のターゲットはどこなのか……われわれは全力でそれを阻止するために、そのポイントを徹底して調査する必要があると思います」

この頃、山梨県警は上十条村の第十サティアンから逃げ出してきた信者を保護した。この信者の協力によって県警は運よく詳細な施設情報を得ることができた。証言によれば、第七サティアンにはやはり大規模な化学工場があるらしいが、一般信者の立ち入りは禁止されているという。

一方、松林サリン事件については、複数の目撃証言を重ね合わせた結果、事件当日に現場近くで銀色の防護服を着た複数の不審人物がいたことが明らかになってきていた。彼らの姿が一般人には見慣れない服装だったことから、「宇宙服を来た人がいた」「宇宙人を見た」という率直な証言が、荒唐無稽な話と混同されてしまい、目撃情報を慎重に検討するのが遅れたのだった。

犯行グループが防護服を着用していたということは、現場でサリンを調合していた可能性が極めて高いといえる。

三月に入ったというのに寒い日が続き、出勤の際はまだ鷹田はマフラーをしていた。

「おはよう。藤本《ふじもと》さんも早いね」

ロッカーの前でマフラーを取りながら女性職員に挨拶すると、

「おはようございます。鷹田さんのマフラー、コギャルとおそろいですよね」

制服の襟を正しながら藤本はにこりと微笑《ほほえ》んだ。

「へ?」

「今時の女子高生ファッションの定番ですよ、そのベージュのチェック柄」

「え、そうなの。僕がしてたら変かな」

「そんなことないですよ」

コギャルと呼ばれる女子高生の分厚いソックスが理解できなかった鷹田は複雑な気持ちになった。

夕方、銀座和光の紳士服コーナーをのぞいたが、すでに売り場は春物に替わっていたので手ぶらで出てきてしまった。

鷹田は腕時計を見た。これから有楽町近くでカルマ真仙教内の情報提供者である岡《おか》元一尚《もとかずなお》と落ち合うことになっている。

密かに鷹田は、今日こそ岡元に洗いざらい話をさせる決意でいた。

いつもと変わらない様子で岡元は約束の場所に時間通り現れた。やはり今日も肉が食べたいと言う。個室ステーキ店に入り一通り注文を済ませると、鷹田はおもむろに切り出した。

「ところで世田谷公証役場の事務長はまだ附属医院にいるのか」

「どうでしょう、知りません。私はあの中に入れないんです」

岡元の言うことは、その表情からして嘘ではなさそうである。

「そもそも何であんなことやったんだ。この間の説明では納得いかないぞ」

「あの事務長の妹が在家信者で、それで色々」

「ちゃんと話してくれ」

気が乗らない顔で岡元は口を開いた。

「公証役場の土地や建物が、実はその妹の所有物になっていたんです。それを知った教団の幹部が数千万になる金すべてをお布施するよう強要したら、妹が教団から逃げ出してしまったんです」

「それで身代わりとして兄を拉致したのか。事務長を人質にとって、妹を教団に連れ戻すつもりだな」

やはり金目当ての誘拐だったことが窺えた。岡元は鷹田の言葉を肯定も否定もせず、喉を鳴らしながらビールグラスを傾けている。

「分かった。ではその拉致の指揮をした幹部ってのは誰だ」

「課報省上層部です。トップはナーナンダですが、彼が直接動いたわけではないでしょうね」

「ホーリーネームでなく本名を教えてくれ」

「井手《いで》博樹《ひろき》。カルマの会当時からの古参です」

「どんな奴なんだ」

「すごく信心深い人です。尊師を心から崇拝しているように見えます」

「井手が今回の拉致を実質的に指揮したということだな」

首を傾げて岡元は肘をついた。

「尊師は井手をそんなに評価していませんから、指揮を執らせたかどうかは分かりません」

鷹田はそれを聞いて意外に思った。

「でも井手は課報省のトップだろう。教団の中でも重要な地位に思えるが、そうではないのか」

「井手は頭が良いというより、根性があるというか。修行に対する姿勢は本当にストイックで、究極まで突き詰めようとしている純粋な人です。そういう井手を英雄視する信者もいたりして」

そういう内部評価を敏感に察知し、評価せずとも利用しようと考えるのはやはり阿佐川なのだろうか。

「では阿佐川が直接井手に下命したのか」

「尊師は早池《はやいけ》さんから井手に伝えさせたと思います」

ウェイトレスが鉄板に載った分厚い神戸牛を運んで来た。Ａ５ランクのサーロインステーキは程よく脂が乗り、いい香りが立ち上ってくる。

岡元が嬉々として肉にナイフを入れる様子を鷹田はじっと眺めていた。時折赤い断面から溢れた肉汁を、付け合わせの野菜で拭き取るようにしながら、岡元はどんどん腹に肉を収めていく。

「うまいですね」

「そいつはよかったな」

毎度の高級ステーキも情報料と考えれば安いものだと思った。

「尊師も肉が大好きなんですよ」

「そうか。ところで、やはり早池が阿佐川の右腕ということだな」

岡元がごくりと喉を鳴らして肉塊を飲み込んだところで鷹田が聞くと、岡元は頷いた。

「ええ、早池さんは別格の存在です」

「教団の不動産担当で、金のやり取りに関わっているからか」

「そうですね。全国の支部道場の用地取得はほとんど一人でやったんじゃないですか」

上十条村の土地取得も早池が間に入ってまとめた話だという。あの男がどのようにして多様な人脈を築いてきたのか鷹田は気になった。

「あと、尊師は第二サティアンがお気に入りで。あれも早池さんのプランでできた建物ですから」

第二サティアンといえば阿佐川の家族用住居ではなかったか。

「今や違いますよ、完全に尊師のハーレムです」

にやりと岡元は笑った。

「阿佐川の家族はどこに移ったんだ」

「奥さんと子供は第六サティアンに移りました。第二に出入りしているのは加瀬《かせ》涼子《りょうこ》など愛人たちです。加瀬は尊師の最初の愛人ですが、尊師との間に子供がいて、子供は第一サティアンで育てています。第一には加瀬の妹もいますよ」

四百グラムの肉をあっという間に完食した岡元は、右手で口を乱暴に拭った。それからデザートのマンゴーシャーベットにスプーンを突き刺すと、何かを思い出したように突然笑い出した。

「その子供、尊師にそっくりなんですよ。母親似だったらよかったのに」

「お前、そんなこと言っていいのか」

機嫌がよくなってくると岡元は阿佐川について軽口を叩いた。

「ここだけですって」

「他にも阿佐川の子はいるのか」

「第一サティアンにいけば、うろうろしていますよ。男児も女児も本当に不思議なくらい、みな尊師に似ているんです。四つ子、五つ子どころではないですよ。母親は様々なのに。想像できますか？」

岡元はくくっと笑いを嚙み殺している。

「まるでどこかのセックス教団じゃないか」

「教祖という絶対的立場に立っても結局は人の子、性欲には勝てないんじゃないですか」

洋の東西問わず、組織内部が性的に乱れ崩壊していく新興宗教団体は枚挙にいとまがなかった。

「実はお前たちを真似たような新興宗教団体がいくつか現れてきているんだよ。杉並区の笹《ささ》ヶ谷《や》近辺は変に聖地化してしまった」

今ではその新興宗教団体のいくつかが全国規模になりつつあり、注意が必要だった。

「われわれのようにいずれ国政選挙に出たりするのでしょうか。あの時は、私も候補者になり予想通り惨敗しましたが、信者獲得の面ではかなり効果的でした。期間限定とはいえ、街中で演説ができ、たくさんのポスターを貼ることができたので、一気に有名になりましたから」

「選挙に出ようと言い出したのは阿佐川か」

「いや、実は早池さんなんです」

確かに金は使っただろうが、それ以上のメリットがあったと幹部たちは思っているのだろう。早池自身は立候補せず、裏方に回って選挙活動を支えたところも賢いと思った。

「では早池は組織拡大の立役者というわけか」

阿佐川がこの頭の回る男を信頼し、金を持たせて自由にさせていることも頷けた。それと同時に早池に対する警戒心は一層強まった。阿佐川と早池の関係に綻《ほころ》びはないのだろうか。どこに内部崩壊を後押しする種が落ちているか分からなかったので、鷹田は岡元にあらゆる角度から質問を続けた。

「サリン事件はともかく、カルマと阪上《さかがみ》弁護士一家失踪事件の関わりについて、もう少しはっきりさせたいんだが」

何気ないふうに尋ねると、岡元は不機嫌そうに鼻に皺を寄せた。

その表情から鷹田は直感的に岡元が何かを隠そうとしていると思った。

「もともと、あの弁護士と警察の関係は良好とは言い難かったんだ。知ってたか？」

声を落として鷹田は言った。

「いえ、そうなんですか」

岡元が好奇の目を向けた。

「優秀な弁護士だったが、なんというか政治的にやや尖った一面もあってね」

「どんな風にですか」

阪上弁護士の身上に関する話題は岡元の興味を引くようだった。話題を転々とさせながら、鷹田は岡元に隙をつくらせようと考えた。

「その前にあの弁護士と教団の間にあった問題について話してくれよ」

「私にはよく分かりません。それより、あの弁護士はどういう人だったのですか」

鷹田は岡元の様子を観察しながら、弁護士一家失踪事件のきっかけから話すことにした。

「事件のきっかけとなったのは、阪上弁護士が所属していた法律事務所に、とあるジャーナリストが相談に行ったことから始まっている。カルマ真仙教の出家信者の母親から、子の脱会について持ちかけられたんだ」

岡元は黙って聞いている。

「それで阪上弁護士はお前たちの教団を調査し始めた」

「どうやって調べたんでしょうね。弁護士というのは、警察でもないのに捜査の真似事ができる権限があるのですか」

「ほとんどがマスコミ経由だろう。当時すでにカルマ被害者の会が立ち上がっていたしな」

「人が信仰の道に入る時というのは内面にしばしば複雑なものを抱えていますから、外から理解しづらいことも多いのです。かくも真理とは見えにくいものですからね」

説法をする時の岡元はこんな口調なのだろうか。

「そう。理解できないからこそ、家族、中でも親御さんは自分を責めるんだ」

「親から見て子供はいつまでも子供といっても、成人した子に対してまで親としての責任を感じる必要はないのではないですか。子供のころの教育や環境が悪かったせいだと、事を単純化するのもよくないことです。それは親も子も苦しめるだけだ」

岡元はなめらかに言葉を繰り出していく。

「それに俗世に嫌気がさした人や、生きることに苦しみ神に救済を求めるために人は信仰の道に入るのですから、周囲と円満に和睦してから信仰の門戸を叩きましょう、などと言うほうがナンセンスではないですか。とくにうちは高学歴の信者が多いですし、一人の大人としての意志を尊重することが、その人に対する敬意というものだと思いますよ」

鷹田は、したり顔の岡元の目を見つめた。

「何もお前たちが、無理矢理出家させたとは言っていない。しかし時々、強引にお布施を求めることがあるじゃないか」

「いいえ、お布施は申告してもらったものを受け取るだけです」

「申告したものの中に、親兄弟との共有財産が入っていることだってあるだろう。そういう時は教団が出て行ったりしないのか」

「そういう場合は確かに諜報省が間に入りますね」

岡元は素直に認めて頷いた。

「揉めることだってあるだろう。もしくは出家を見送ろうとする者を強引に留《とど》まらせたりな。そういう行為を、阪上弁護士は反社会的だと指摘したんだよ」

「今から六年ぐらい前の話ですよね」

記憶を辿るように岡元は視線を宙に向けた。

「カルマの会が宗教法人の認証申請を出したころだよ。申請をしたのは三月だったろう？」

「ああ、思い出した。あのころ早池さんはよくドイツに行っていました。カルマの会の頃ですが、宗教法人になったら、まず海外支部をドイツに作るんだって言っていました」

それは鷹田にとって初めて聞く情報だった。

「ドイツ支部？　どうしてドイツなんだ」

「化学原料の国際的な見本市から帰ってきた早池さんは興奮した様子でした。化学オタクの村本《むらもと》さんが同行したんです」

「そこまで思い出したなら、当時教団を批判する弁護士がいたことだって覚えているだろう」

「……ええ、広報の周防《すおう》や弁護士の宮下《みやした》が、あの弁護士をしきりに罵倒《ばとう》していたことは、なんとなく」

とあるテレビ局が、阪上弁護士が教団に対する批判を述べたインタビュー映像を、あろうことか周防と宮下に見せてしまったのだ。取材源の秘匿というジャーナリズムの原則に反したマスコミの重大な過失だった。

「周防や宮下はどうして怒っていたんだ」

「反カルマを掲げる阪上弁護士の活動は、教団の発展の障害になると言っていました」

そうなればやはり、その存在を排除したくなるだろう。

「もう一度聞くぞ。教団は阪上弁護士一家失踪事件に関わっていたのか。教えてくれ」

岡元は小さく首を横に振った。

「ではあの弁護士に最も激怒したのは誰だ」

「……早池さんかな」

周防だと思っていた鷹田には意外だった。

「先ほど言ったように、早池さんは翌年の国政選挙の準備に相当力を入れていましたから、阪上は真仙党に対する選挙妨害をしていると、まくしたてていました」

「阿佐川はどうだった」

「尊師もたぶん怒っていたと思います」

「たぶん？」

岡元はごまかしているのだろうか、鷹田はもう一度聞いた。

「お前だって阿佐川のそばにいた一人だろう。目の前で見ただろう、阿佐川の様子を」

視線を落とした岡元は、

「その頃から何となく、尊師は私より高学歴の信者たちを側近として扱うようになったんですよ」

そう言って自嘲気味に薄く笑ったが、その目の奥に切なさともとれる孤独な表情が浮かんでいる。

「そうか。阪上弁護士の所属事務所に対して、周防を始め数人の幹部が訴訟回避に向けた交渉を行ったことを知っているか」

知っているという顔で岡元が頷く。

「結局交渉は決裂したんです。周防と宮下が早池さんに厳しくなじられていたと聞きました よ」

「誰に聞いたんだ」

一瞬名前を言うべきか岡元は躊躇《ちゅうちょ》したようだった。

「……加瀬涼子ですが」

早くに解脱《げだつ》した幹部の一人でカルマの会の頃から阿佐川のそばにいた女性だ。

「阿佐川はそんなことを加瀬に話すのか」

「教団の核心に迫るようなことでも、愛人の加瀬には喋っていたようです。加瀬は私しか話し相手がいなかったようで、富士里にある第一サティアンでたまに彼女から尊師の様子など聞きましたよ」

二人の意外な親密さに鷹田は驚くと、岡元はふっと微笑んだ。

「なぜ加瀬が私をそこまで信用しているのか、と言いたいのでしょう？　それは鷹田さん、私が彼女に本物の教義を教えたからですよ。あの時の彼女の顔が忘れられません」

顔を綻ばせながら岡元は懐かしそうに当時を思い返しているようだった。

「今よりずっと小さな規模で共同生活をしていた頃ですね。加瀬とは仲良くしていたんで……俺、結構モテたんですよ」

岡元が鷹田の前で「俺」と言ったのは初めてだった。カルマの会で仲間と真剣に宗教に打ち込んでいた時が、岡元の人生がもっとも輝き、充実していた頃なのかもしれない。

目尻に幸せそうな皺を寄せて笑う目の前の若者から、思わず鷹田は視線を外した。

「第一サティアンによく出入りする幹部は他にいるのか」

「あまりいません。法皇官房長の長谷充《はせみつる》くらいです」

東大医学部出身の長谷は、長く阿佐川の三女の教育係を任されていた。阿佐川は将来、三女に教団を継がせ、長谷を娘の結婚相手にしようと考えているらしかった。

「長谷も出世したもんだな」

「アーチャラーのお相手として、尊師に長谷を推薦した人がいるとか。早池さんが尊師に伝言したと聞きました」

伝言となると、教団の外の人間が早池経由で阿佐川にアドバイスしたということになる。

「阿佐川が聞く耳を持っているとはな」

そのアドバイザーは誰か。ふと思い浮かべた名前は、これまでカルマへの土地斡旋などで動いていたフィクサーの長崎洋輔《ながさきようすけ》だった。土地の売買に際して、早池と接点を持ったことはほぼ確実だろう。

また長崎は、長谷充の父親が後援会長を務めている元警察官僚で政治家の一万田良雄《いちまんだよしお》と近い。後ろ盾とするにはこの上ない存在である。長谷の父は医師だから金もあることだろう。また長崎が会長を務める日本政治法曹連盟と、阪上弁護士が所属する法律事務所は、思想的に対極に位置づけられ両者は反目しているともいえた。

鷹田は岡元に尋ねた。

「長谷は医者としての腕前はどれほどのものなんだ」

「どうでしょう。教団内のトップ医師は治療省大臣の森康夫《もりやすお》先生ですから。附属医院についてはすべて森先生が掌握しています」

森康夫は開業医の家庭に生まれ、慶應義塾大学医学部、アメリカ留学で医療を学び、慶應義塾大学病院などに勤務経験のあるエリートだった。

やはり長崎洋輔なのだろうか……鷹田は早池にアドバイスを送った者が誰なのかもう一度頭を巡らせたが、この男以外の名前はすぐに消えてしまった。

もし長崎と教団の繋がりが濃いものだとすれば、今後カルマ真仙教の捜査の障害となるおそれがあると危惧《きぐ》した。

鷹田はおかわりのコーヒーを二つ注文した。

「他に何か頼むものはあるか」

「もう一つ甘いものを食べていいですか」

岡元が運ばれてきたレアチーズケーキを食べている間に、この男をもっと追及しなければと鷹田は思った。

「話を戻すが、お前たちが選挙で大負けしたころ、神奈川県警察に差出人不明の手紙が届いたんだ」

「そうですか」

「失踪した阪上弁護士の長男を、長野県金江市日野山の山中に埋めたと書いてあった」

岡元が口を動かすのをやめて静止した。

「ご丁寧に埋めた場所の地図まで入っていた」

鷹田と目を合わせようとせず、岡元は小さなフォークを皿に投げ出すように置いた。

「お前、何か聞いていることはないのか」

「……本人ではなく子供ですか？」

しばらくして訝《いぶか》しげな顔をこちらに向けて岡元は言った。

「神奈川県警は長野県警と合同で地図の場所を捜索したが、遺体は見つからなかった。差出人不明だから確認のしようもない。子供だけでなく、家族全員が同じような目に遭ったのではないのか」

「われわれではありません。違いますよ」

否定する岡元の目は泳いでいた。

「この事件は教団の犯行だと主張する声が高まっているのは知っているよな」

「あることないこと何でも教団のせいにするのはマスコミの常套手段じゃないですか」

「それもそうだな」

頷いて納得したふりをしながら鷹田はもう一つの疑問を投げかけた。

「世田谷の公証役場事務長のことだが、まさかすでに彼を手に掛けた……なんていうことはないだろうな」

「諜報省だってそこまではしないでしょう。お布施の問題ですから、そんな手荒なことはしないですよ」

「ワンボックスカーで拉致し監禁しているんだろう。十分手荒だろうが」

「拉致は急を要しただけのことです」

澄まして言ってのける岡元の顔を見ながら、鷹田はこのカルト集団のどこに綻びがあり、どこを集中的に突くべきなのか考えていた。やはり先制攻撃捜査しかないだろう。

この拉致事件の捜査を担う警視庁捜査第一課長の寺内《てらうち》は、刑事警察に先制攻撃捜査を広めた人物だ。この捜査手法は、さまざまな反社会的勢力の動向を日頃から監視して組織情報を得ておき、何らかの事件発生時に、総力を挙げて一気に組織を解体させることを目指すものである。警部補まで公安部に在籍していた寺内は、刑事部の捜査に応用した。

今日の聞き取りは長丁場だった。

次に鷹田は怪文書について振ってみることにした。

「例の怪文書だが、まだ作者は特定されないのか」

「松林サリン事件に関しては、内部調査班がレポートを作成したとは聞きました。怪文書についてはは尊師がひどく苛立っているので困っています」

「内部調査班のまとめ役は誰だ」

「早池さんですが、法務大臣の宮下に公判対策用の資料として渡すと言っています」

鷹田は首を傾《かし》げてみせた。

「あれこそ内部告発だろう」

岡元が怪訝《けげん》そうな顔をする。

「尊師に本気で反逆を企てている者など、この教団にいるとは思えませんよ。そんなことをして何になるんです」

「あれだけの内部情報を持っているのは、幹部だろうな」

「マスコミは警察を疑っていますよ。カルマを揺さぶるための仕掛けだと」

「それは違うと断言しておく」

警察があれだけの情報を持っていたら、当然事件を阻止していたということが岡元には分からないようだった。

「サリンの保管状況や、噴霧させる方法が詳細に書かれていたので、化学者グループの誰かだとは思っている。ただし現場に行った実行犯ではないな」

「どうして言い切れるのですか」

「怪文書に書かれていた『ドライアイスを使った手口』は、実際は採用されなかったからだよ」

詳細については岡元も知らないようで、鷹田の言うことの正否が判断できない様子だった。

「怪文書にはこんなフレーズがあったな。『もう一つの最悪のシナリオが導き出される。それは、輪廻転生を信じた新興宗教が、破綻を来《きた》したときに発生する』。この見解について岡元はどう思う？」

怪文書の作者は「最悪のシナリオ」だけは避けたいと思っているのか、もしくはすでに諦めの境地に身を置いているのか、鷹田にも判断が難しかった。

すると岡元が大きく息を吸い込んでから、

「輪廻転生を信じた新興宗教が、破綻を来したとき……」

一言ずつ言葉を確かめるように岡元はゆっくりと呟《つぶや》き俯《うつむ》いた。

「いいか、怪文書にはこんな文言もあった。大量殺戮兵器であるサリンが、平時に市街地で用いられたテロ事件は、洋の東西を問わず、過去に例を見ないと」

俯いたまま岡元は顔を上げようとしない。

「地下鉄や東京ドーム、武道館や横浜アリーナで使用すれば、未曾有の大惨劇となると。しかしその後、犯行組織に下される制裁の大きさを考え、〝まともな〟テロ組織は、これまでサリンの使用を踏み留まってきたと」

岡元の目はうろたえ、唇が大きく歪んでいく。

「それにもかかわらず、お前たちはすでにサリンで実地実験を済ませ、何人もの罪のない人間を殺したんだ」

そこまで言って鷹田は口をつぐんだ。


一九九五年三月十七日、秘かに警察庁幹部会議が開かれていた。

「三月二十二日、世田谷公証役場事務長拉致監禁容疑でカルマ真仙教教団全施設に対して強制捜査を行う！」

警察庁刑事局長の大垣が強制捜査の概要を説明した。

「警視庁捜査第一課六百六十名と機動隊一千名を動員し敢行するものとする。長官も了承済みである。ただし不測の事態を想定し、防衛庁から戦闘用防護衣と化学防護衣、その他必要な防護装備の貸与を受けることになった。捜索前日の二十一日までに、警視庁機動隊と捜査一課捜査員は、装着訓練を行うように！」

三月十九日、練馬区の陸上自衛隊朝霞《あさか》駐屯地で、指揮官クラスによる防毒マスクと防護服の着脱訓練が行われ、二十一日に全ての捜査員が同様の訓練を行うことが決まった。

一方、捜査方法を不安視する声も漏れ伝わってきていた。十九日になっても、捜査指揮官クラスですら、当日どこを捜索差押するのかと命じられていなかったし、施設の詳細な内部資料すら配られていなかったからだ。

警察の沽券《こけん》に関わる大規模捜査がどのように火蓋が切られるのか、誰にもまだ分からなかった。

「俺らの配置が決まるのはいつかな」

公安捜査員の同僚が鷹田にぼやいた。

「一体どうなっているんだよ」

焦りを感じ、いてもたってもいられなかった。

警察は準備不足ではないだろうか。上層部には、敵は大量殺戮兵器を持つカルト化したテロ組織であるという認識がやや甘いのではないか。

「今ごろ、部長クラスが膝を突き合わせてリストを作っているぜ」

警視庁本部六階刑事部長室では、まさに捜査人員配置の最終確認が急ピッチで行われ、刑事部長、捜査第一課長、公安部長、公安総務課長が中心となりリストは作成された。

刑事部は第六、第七サティアンに踏み込むことが決まった。今回の捜索差押の発端となった拉致事件の拠点と思われる場所である。

公安部が踏み込むのは第一サティアンのようだったが、はっきりとした連絡はまだなかった。

こうして最終的な捜査員の配置は、翌日三月二十日午前中に正式発表される予定だった――。

*

一九九五年三月二十日月曜日、鷹田は朝から慌ただしくしていた。

二日前、カルマ真仙教被害対策弁護団の主任弁護士から、警察庁長官と検事総長宛てに、暴走する教団の危険な状況をつぶさに伝える文書が届いていた。

文書には「カルマ真仙教が本当にサリンを撒く可能性がある」と書かれていたため、鷹田はこの文書作成者に面会を求めるつもりで早朝から自宅で準備をしていたのだ。できれば今日中にコンタクトを取りたかった。

午前八時十五分、家の電話が鳴った。

「正一郎《せいいちろう》か」

久しぶりに聞く父正造《せいぞう》の声がいやに動揺している。

「霞が関が大変なことになっているぞ」

「霞が関？　大変って？　親父は今どこにいるんだ」

正造は銀座の数寄屋橋交番前の公衆電話からかけているらしかった。朝から霞が関で所用があり丸ノ内線で向かう途中だったが、車内で緊急アナウンスがあり電車は霞ケ関を通過して銀座で停止したという。

「銀座駅構内で騒いでいる人がいた。地下鉄で毒ガスが撒かれたらしいんだよ！」

事件発生から約五分後、これが鷹田にとっての第一報となった。

「親父。今日はもう地下鉄には乗らないで、すぐにタクシーで家に戻るんだ」

父親にそう告げると鷹田は静かに受話器を置いた。

不思議とまだ怒りは込み上げてこなかった。

それより先に鷹田を襲ったのは絶望的な敗北感だった。

――遅かった……。

しばらく自室の壁に目をやりながら、鷹田は微動だにしなかった。頭の中が真っ白になり、時間が止まったような感覚に襲われた。

時間にすればものの数秒だっただろう。

けれどもその数秒の間に、鷹田が長年かけて積み上げてきたものが、一挙に崩れてしまったような気がした。

止められなかった——このまま茫然と打ちひしがれていたかった。

それでも僅かに残っていた理性で鷹田は警視庁本部のデスクに電話を入れた。

出たのは巡査部長の相沢《あいざわ》で、声を震わせている。

「主任！　被害の状況からサリンのようです！」

「ああ」

まだ鷹田は鈍器で頭を強打された後のような衝撃の中にいた。

「宿直責任者からの命令で、門井《かどい》主任と中村《なかむら》さんが現場に向かいました」

それを聞いて我に返った鷹田は目を見開いて叫んだ。

「お、おい！　すぐ呼び戻せ！　死ぬぞ！」

この日の宿直責任者は公安三課の右翼対策が専門の警部で、カルマ真仙教に関する情報はほとんど知らされていなかったのだ。

宿直責任者の任務終了時間は午前八時三十分なので、間もなく宿直勤務が終わるという時間に事件が起きたのだった。

鷹田はテレビをつけた。

すでにニュース番組が緊急速報に切り替わり、上空のヘリコプターから送られてくる被害者が出ている現場周辺の様子を流していた。

地下鉄霞ケ関駅がある国道一号や、桜田通りの霞が関三丁目交差点付近に、多くの人が道路でうずくまっている。まさに非常事態という緊迫した映像を、鷹田は食い入るように眺めることしかできなかった。

一体どれだけの被害が出ているのだろう。車の流れを見る限りすでに幹線道路は封鎖されているようだ。

一刻も早く行かなければ。

弾《はじ》かれたように鷹田は家を出ると最寄り駅まで脇目も振らずに走った。中央線で四ツ谷駅に向かい、そこから警視庁までタクシーで行くつもりだった。

四ツ谷駅に着くとタクシー乗り場には長蛇の列ができていた。鷹田は四谷三丁目方向に新宿通りを駆けて行き、荒木町近辺でようやくタクシーを拾った。

「運転手さん、警視庁まで」

行き先を告げるとバックミラーでこちらをちらりと見てから、運転手は尋ねてきた。

「朝から何が起きたんですか。主要な駅でお客さんが大行列しているようだし、道は大渋滞ですよ」

「一部道路封鎖もされていますからね。赤坂見附から溜池を回るルートでお願いします」

「分かりました。霞が関三丁目交差点を中心に通行禁止なんです。内堀通りも日比谷交差点から渋滞していますよ。お客さん、刑事さん？　マスコミの方？」

ミラー越しにこちらをちらちら見ながら運転手は尋ねた。

「警察です」

「ラジオのニュースでは地下鉄構内で毒ガス騒ぎなどと言っていましたが、本当にその、毒ガスなんて」

一般市民がにわかに信じられないのも無理もないことだった。

「おそらくその通りです」

「それは、いわゆる何かのテロなんですかね。ニュースでそう言っていたものですから」

ためらいがちな聞き方にはテロに対する恐れと困惑が滲んでいた。

「まだ断言できません。テロという言葉は対外的に非常にインパクトの強い言葉ですから、本来なら断定する前の段階で使うべきではないのですが」

「どういうことですか」

「日本でテロが起きたと報じられた途端、株価が急落して国内外の経済に大きな悪影響を及ぼすかもしれないということです」

「ああ、なるほど。株が暴落したら別のパニックが起きるかもしれませんね」

運転手は事の重大さを認識したのか、それ以降は口を開かなかった。

もちろん鷹田は、これがカルマ真仙教による平成最悪のテロ事件であると確信していた。

道は混雑していてタクシーはなかなか進まない。メーター脇の時計を見ると八時四十分を過ぎたところだった。九時前に本部に入れるだろうか。

平成最悪のテロ事件――その言葉を何度も反芻《はんすう》しながら、鷹田は考えに耽《ふけ》った。

なぜカルマ真仙教は三月二十日を計画の実行日に選んだのだろうか。

やはり否定できないのは、二十二日に予定されていたカルマ真仙教全施設に対する強制捜査の情報が敵に漏れていた可能性だ。

この強制捜査については警察の他に自衛隊が知っていた。すでにガスマスクや防護衣の準備を依頼しており、明日には強制捜査要員全員が装備の着脱訓練を行うことになっていたのだ。

この地下鉄のテロが、警察の捜査情報の漏洩《ろうえい》によって起きてしまった事件だとすれば……鷹田は鼓動が速まるのを感じた。

――どこから漏れたんだ。自衛隊か？　まさか警察？

そう考えると腹の底から激しい怒りが込み上げてきた。

松林サリン事件では、その日のうちに七人が死亡し、六百人を超える負傷者が出ていた。今度の事件は、通勤時間帯の都心の地下鉄内で起きたのだ。その現実を改めて受け止めると、鷹田はめまいがするような恐怖に襲われて一瞬目の前が暗くなった。被害者数がどこまで膨れ上がるのか、皆目見当もつかなかった。


タクシーは運輸省前まで何とか辿り着いた。鷹田はそこで車を降りて駆け出すと、警視庁本部の隣の警察総合庁舎の入り口から庁舎内に入った。

午前九時少し前だった。

公安総務課の浜谷《はまや》管理官はすでに席にいたが、鷹田に気付いてこちらに向かって来る。

デスクでは通信指令本部と現場の無線が未だ緊迫した状況を伝えていた。

「これはカルマの仕業だな」

浜谷は静かに言った。

「それ以外考えられません。完全にやられました」

脱力した鷹田は視線を床に落とした。

「東京のど真ん中で、とうとうサリンを使わせてしまったか……」

浜谷は額に手を当てた。あと一歩まで追いつめておきながら、今日という日を阻止できなかった口惜しさで胸が張り裂けそうになる。

「管理官、二次災害を警戒しましょう」

鷹田が毅然として言うと浜谷が大きく頷いた。

「救急や搬送先の病院にも奴らはサリンを撒くかもしれません。とにかく防護服と解毒剤を大量に確保する必要があると思います」

「そうだな。落胆している場合ではない。急ごう」

席の向こうに先ほど電話に出た巡査部長の横顔が見えた。

「おい相沢、門井さんと中村はどうした。連絡はついたか」

振り向いた相沢は不安げな表情で眉を寄せている。

「あの直後、現場から連絡があったんです……」

二人はサリンが撒かれた地下鉄構内に入って行ってしまったのか。

「それで、まだ帰ってきていないんだな。無線連絡はつかないのか」

相沢は無言で首を横に振った。

「無事でいてくれよ……」

ふと自分の口から出た言葉に鷹田は動揺し、周りにいる捜査員の間にも緊張が走った。

公安総務課の情報担当部門では、カルマ真仙教がサリンを使用したテロを行う危険性について共有されていたが、すべての公安部員の共通認識にまではなっていなかったのが悔やまれた。

鷹田は新谷《しんたに》担当係長に向かって尋ねた。

「テロの可能性について、誰か会見を行ったのですか」

「まだだ」

新谷は目を細めて首を振る。

「会見はおそらく萱野《かやの》公安部長だろう。ただ公安部長もまだ現場に入っていない。公機捜から現場写真は届いているがね」

「毒物を特定しない限りテロと断定するのは難しいということですか」

「そうだな。これが爆弾テロならすぐに発表できるが」

「毒物は科警研に持ち込まれたんですか」

「いや、さきほど科捜研の者が現場から証拠物を搬出したとの報告が入ったが」

しかし科捜研ではサリンの特定はできない。鷹田が尋ねると、科警研へはヘリコプターで運ぶ手だてを取っていると新谷は言った。

「二次被害の拡大を防がないといけない。現場に向かった多くの警察官や捜査員は防護衣を着用していないからな」

鷹田は頷くと席に戻った。同僚の西村《にしむら》について、今日は代休を取っているはずだがもうすぐ出勤してきます、と後ろの方の席で誰かが話している。

西村はある意味で正しい判断をしたと鷹田は思った。あさってに控える強制捜査はこれまで鷹田が経験したどの捜査よりも、厳しく、危険なものであることが予想されていた。

刑事部捜査第一課が仕切る帳場になるため、公安総務課の鷹田が特別捜査本部に入ることは考えられなかったが、強制捜査には準指揮官的立場で現場に入ることになるのは明らかで、一旦始まってしまえば土日も関係なく捜査は続いていく。

このタイミングで西村が連日の激務を中断し、体を休めようと考えたのは悪くないことだった。しかし、こうなった以上一時も休んでいられないのは明白だ。

すると浜谷がやってきて言った。

「鷹田、チヨダで大石校長と遠野《とおの》先生がお呼びだ」

それを聞くや否や駆け出そうとする鷹田を浜谷は制した。

「落ち着いて行ってこい」

その場で一度深呼吸をして浜谷と目を合わせてから、鷹田はチヨダに向かった。


「失礼いたします」

入室すると大石が手元から顔を上げて黙って頷いた。遠野は深く息を吐きながら鷹田に目で挨拶する。

部屋には沈鬱な空気が流れていた。

「警察庁では、午前九時に対策本部を設置する予定です」

そう大石が言ったので、壁時計を見るともうすぐ九時である。遠野は大石の脇で硬い表情で佇《たたず》んでいた。

「警視庁でも筒内《つつうち》警視総監をトップに対策本部を設置します。総監ご自身が事件捜査の総指揮を執ることになりました」

警視総監自らが事件の捜査指揮を執るなど前代未聞であり、鷹田は衝撃を受けた。

「すると今回の事件がテロにあたるかどうかは、公安部長でなく総監が判断されるのでしょうか」

「そうなります」

筒内総監は警備警察出身といっても、公安よりも警備実施方面に強かった。おそらく今、あらゆる部門から情報収集し判断材料としていることだろう。

大石が自身を鎮めるように大きく息を吐くと、

「一九九五年三月二十日」

目を強く閉じて語り出した。

「この日は、公安警察にとって……」

時折歯を食いしばって感情を堪《こら》えながら、一言ずつ胸に刻み付けるように大石は続けた。

「生涯忘れられない、敗北の日になります」

頭を下げて鷹田は大石の言葉を聞いていたが、その声が震えだしたので急に目頭が熱を帯びてくる。

「公安警察最大の屈辱の日として、われわれは、歴史に……」

一度目元を強く押してから大石は続けた。

「汚点を残してしまいました。この汚点を、一生背負い続ける義務が、われわれにはあります」

——情報が、もっと情報があれば……！

平成最悪のテロ事件が起きた今日は、公安にとって紛れもない敗北の日だった。悔し涙が込み上げてくるのを鷹田は懸命に堪えながらも、屈辱に身を震わせた。


「では鷹田さん」

しばらくして大石が普段の落ち着いた声で言った。

「いつもの情報源の信者に一応当たってみて下さい。まず実行行為者の特定をしなければなりませんから」

この時点ですぐに連絡を取るのは困難にしても、鷹田は必ず岡元を捕まえて吐かせてやろうと思った。

「明後日の一斉ガサは予定通りなのですか」

「二十二日に備えて、刑事警察を中心に事前準備もしてきましたから、もはや変更の余地はありません」

質問に答えたのは遠野だった。

「強制捜査の名目は公証役場事務長の拉致容疑のままですね」

「はい。公安部からガサに参加するメンバーは、施設内に入ったら、主に教団内の指揮命令系統に関するデータを収集してください」

大石が鷹田に命じた。

「組織図や信者名簿でもあればいいのですが」

遠野が頷く。

「世田谷の拉致事件は、昨年宮崎で起きたホテル経営者拉致事件と状況が似ています。前回の事件で使用された関連施設、異臭騒ぎがあった教団施設を重点的にやることになるでしょう」

鷹田はまだ自分がどこに捜査に行くかさえ正確に知らされていなかったので、大石に尋ねた。

「寺内捜査一課長には、鷹田さんには主要な施設を担当させてほしいと連絡してあります」

ただ鷹田には、捜査一課がカルマ真仙教の内情を掴んでいるとは思えず、心配であ

ると告げると、

「そうですね、捜一が教団内に協力者を作っているとは考えにくいです。捜一にはわれわれほどの情報は蓄積されていませんよ」

ことなげに大石は言った。

「ただし、教団から逃げ出した者を何人か協力者として活用しているようです。また静岡県警と山梨県警も、いくらか内部情報を持っているでしょう」

両県警の協力でサティアンの内部地図もできているという。

「神奈川県警と静岡県警がカルマの幹部数名を行動確認し、彼らのおおまかな行動範囲は把握済みです。神奈川県警と捜査一課は一時期合同捜査をやっていたようですから、意思疎通もできるでしょう」

阪上弁護士一家の失踪事件についてだろう。

「神奈川県警の公安は、弁護士の失踪直後から秘匿で動いていたようですから。ただ心配なのが、この拉致事件に岡元一尚が関わっていた、という情報が上がっているんです」

――まさか……やはり……あの野郎。

真逆の感情が複雑に入り交じって鷹田の顔を歪ませた。

じつは岡元はまだ正式な登録ダマではなかった。岡元を完全に信用できるとは思えなかったし、岡元は妙に冷めたところがあるものの、阿佐川の呪縛から逃れるのはかなり難しいと思っていたからだ。また岡元は、自分を教団の存続のために利用しようとしているのでは、という疑念も拭えなかった。

「岡元に不審な点はありませんでしたか」

やはり阿佐川と岡元の関係を尋ねると、きまって岡元は不安定な精神状態になることが気にかかっていた。

「ある時期から阿佐川が自分を遠ざけるようになったと、岡元が言うことがありました。あまり重く見られていないことを、寂しく思っているように見えることもありましたし、強い不安にかられることもあったようです」

そしていつか岡元に教団を抜けることを勧めた時、自分の精神の中ではすでに手遅れである、と答えたのを思い出した。

「その時は、体を震わせて怯えているようでした」

岡元は阿佐川からの評価を求めようとして、凶悪犯罪に手を染めてみせた可能性は否定できなかった。

「岡元の動きは今後も要注意ですね。他に、今朝からこれまでの間で何か報告する案件はありますか」

鷹田は公安総務課の二人が現場に急行してから、連絡が途絶えていることを伝えると、大石と遠野は顔を見合わせた。

「宿直責任者の命令で現場に入った様子なのです」

「二人の無事を祈りましょう。もう少し公安部全体で共有できるような指示を出しておくべきでした……」

そう言うと大石は口をつぐみ遠野も黙った。

しばらくチヨダの校長室が沈黙に包まれた。

おそるおそる鷹田は今日の事件が、二十二日の強制捜査情報が漏洩したことで起きたと大石も考えているかどうか尋ねてみた。

「大垣刑事局長が幹部を集めて強制捜査について発表したのは、ついさきおとといのことです。それから防護衣や訓練の件で自衛隊に話を通したと聞いたとき、ふと鷹田さんが以前上げた情報が頭をよぎったんです」

サティアン内で信者の新間《にいま》智行《ともゆき》が誤ってサリンを吸引したとき、陸上自衛隊一等陸尉に連絡を取って応急処置をしたため、新間は一命を取り留めたと、鷹田が岡元から聞いたことだった。

自衛隊の中にカルマと通じている者がいるのか。

まだ信じたくなかったが、警察の中に内通者がいるという疑いも完全には否定できなかった。その裏切り者の特定が急がれたが、強制捜査はもう明後日に迫っている。

「警察の動きはどの程度抜けているのでしょう」

カルマの施設に踏み込んだはいいが、予想通りとばかりにカルマから迎撃されるようなことはないだろうか。

「強制捜査があると知って、今日カルマは地下鉄でサリンを撒いた。そして警視庁が混乱しているうちに阿佐川は姿をくらましてしまった、ということです」

淡々と言う大石を見て鷹田は唖然とした。

「阿佐川が姿をくらました……？　奴の現在の居場所は判《わか》っていないのですか」

昨日まで阿佐川は第二サティアンにいたことが確認されていた。しかし山梨県警は終日サティアンに張り込んでいたわけでなく、今日になって阿佐川が行方不明であるとの報告が入った。

「山梨県警は一体何をしているんですか」

人員が割けない苦労も確かにあるだろうが、なぜ今取り逃がすんだと鷹田は憤る。

鷹田はじりじりとした焦燥感で呼吸が浅くなるのを感じた。

公安警察は、これ以上の汚点を警察史に残すわけにはいかないのだ。

「明後日の強制捜査については指示を待ってください」

大石はじっと鷹田を見た。

「カルマの息の根を今度こそ止めなければなりませんから」

今日という日の雪辱を心の中で鷹田は強く誓った。


自席に戻った鷹田は、そこに霞ケ関駅に急行した同僚の門井主任と中村の姿を見つけ思わず涙ぐみそうになった。

「ああ、門井さん、五郎《ごろう》……！　本当に無事でよかった」

二人に駆け寄った鷹田は歓喜の声をあげた。

門井は申し訳なさそうに小さく頭を下げる。

「鷹さん、心配かけて悪かった……ただね」

門井は左側の目を指差す。

「こっちが全然見えないんだ」

息を呑んだ鷹田はすぐに言葉が出てこなかった。

「……どうして」

「主任はホームまで駆け込んでしまったんです！」

今にも泣き出しそうな顔で中村が言った。

「駅員の一人が即死状態だったと別の駅員から聞いたんです。そしたら主任がホームの方に走り寄っていって……」

「危険だとは思ったけど、次の瞬間助けなければと体が勝手に動いてしまった」

それが誠意ある仕事ぶりに定評のある門井の取った行動だった。門井はサリンを吸引してしまったに違いない。

「主任、すぐにその服をぬいでビニール袋にしまって封をしてください。そして直《ただ》ちに医者に行ってください！」

表情を強張《こわば》らせながら鷹田は叫んだ。

「でもこの付近の大きな病院はどこも満杯だろうな」

「少なくとも数千人は運び込まれていると思う」

周りの同僚が心配そうに眉を寄せながら口々に言う。

ではどうすればいい。そのとき鷹田に一つの考えが浮かんだ。

「すぐに防衛庁に！　サリンの解毒処置ができる者がいますから」

「防衛庁？」

「はい。市ヶ谷の医務室には解毒剤があります。門井さん、一刻を争うんです」

鷹田はそう言うと、若い巡査部長に向かって叫んだ。

「河上巡査部長、すぐに車を出して緊急走行で防衛庁に向かってくれ。先方には僕から連絡を付けておく」

「了解！」

弾かれるように席を立った河上は、車のキーを取ると走って出ていった。

「五郎、お前は大丈夫なのか」

「私はホームに降りる階段で倒れていた乗客を地上に搬送したため、ホームには降りていません」

やはりそこまで近付いたのなら安心はできない。

「お前も念のため服を着替えてから、門井主任と一緒に防衛庁に行ってこい。万が一のことがある」

二人を促すと鷹田はすぐさま防衛庁の政務次官室に電話を入れた。

「城崎《しろさき》先生、突然申し訳ありません」

「えらいことになってしまったな。あれはカルマ真仙教の仕業なんだろう」

代議士の城崎からすかさず尋ねられた。

「そう思われます。実は先生、うちの者が被害者救助で霞ケ関駅に入り、サリンにやられてしまいました。一人は片目が見えないと言っています。防衛庁の診療所ですぐに解毒処置をお願いしたいのですが」

緊迫した事態を、城崎はすぐに察知したようだった。

「すぐにこちらへ寄越してくれ。すると防衛庁にある解毒剤を、至急各医療機関に配付する手続きを取らなければならないということだな」

鷹田は受話器を握りながら頷いていた。

「はい、ですが総監はテロとの判断をまだ出しておりません。今回使用された毒物は、うちの捜査員の症状から判断してサリンに間違いないと思っていますが、正式な発表は、化学的な検査を経て判明してからになります」

「しかし一分一秒を争う事案だろう」

「そのとおりです。検体はすでにヘリで科警研に送られているようですから、間もなく解明されると思っております」

「分かった。われわれもできる準備はしておこう。カルマはどんな化学兵器を作っているんだ」

「サリン以外では、ホスゲンやＶＸをも作った形跡があるとされています」

「なに、ＶＸ？」

驚愕する城崎の様子が目に浮かんだ。

「ＶＸガスは猛毒中の猛毒だぞ。東京ドームに数滴垂らせば、そこに集まった全員がたちどころに命を落とすほどの殺傷力がある。まさかカルマがそこまで……」

城崎は初耳なのか絶句している。

「教祖の阿佐川本人が説法でサリンやＶＸの使用について言及していました」

「知らなかった……なぜ、そうした情報が防衛庁に上がってこないんだ？」

「それは国家公安委員長の資質ではないでしょうか」

「警察としてうまく行っていないのか」

「連立与党の中で最も信頼できない政党出身者ですから」

「内調経由でも結果は同じか」

「そうです。公安が今の官邸を信用しているかといえば、どうでしょうか」

電話の向こうで城崎は苦笑していることだろう。

「明後日の強制捜査は大丈夫なのか」

情報漏洩の疑いについて、鷹田はここで伝えておいてもいいだろうと思った。

「今回の地下鉄のテロは、強制捜査の情報が敵に抜けたことで決行されたという見方が出ています。この強制捜査について知っていたのは警察と陸自だけです」

「なに……？」

あまりのことに城崎は言葉を失っているようだった。

「中国地方の部隊に所属する陸上自衛隊の一等陸尉が、カルマ附属医院の薬剤師らに、サリンの解毒法を教えたという情報も上がっています」

「……うちから漏れたのか」

城崎は声を潜めて尋ねた。

「いえ、警察かもしれません。今回の捜査指揮を執るのは捜一ですから」

うむ、と城崎は呻《うめ》いた。機密情報の扱いに関し、刑事部は公安部と比べてマスコミに弱いところがあるのだった。

「ただ城崎先生、聞くところによれば、今若手を中心に相当数の自衛隊員がカルマ真仙教に入信しているとか」

信教の自由はすべての国民に保障されている権利だが、入信先がカルト教団となると話は大きく異なってくる。

「本当か？　中央調査隊に即刻調べさせよう」

警察にとっても対岸の火事では済まなかった。

「警察の中の信者数もまだ把握できていません」

国家の安全を守るべき立場の自衛隊と警察の一部が、カルト教団に手を貸しているようなことがあれば、国際政治の中で日本という国家の信頼はたちどころに失墜するだろう。

「ガサで教団の実態把握ができる物的証拠を少しでも集めることだな」

鷹田はそれに同意すると電話を切った。


受話器を置くなり浜谷の声が飛んできた。

「門井と中村は防衛庁で手当てしてもらえそうか」

「はい。至急対応してくださるそうです。城崎代議士とのルートが役立ってよかったです」

とはいえ混雑する病院で診察を受けられない一般の被害者も多くいることを思うと、鷹田は少し胸が痛んだ。

「二人については労災の手続きをする。患者を受け入れている個々の病院は適切に対処できているのだろうか」

嘔吐やめまい、目や皮膚の痛みを訴える患者が近隣病院に押し寄せていることだろう。

「現時点では、それぞれの医者の判断に任せるしかありません。患者の症状から有機リン系の中毒だと分かれば処置できると思います」

「解毒剤のストックはどの程度あるんだ」

「陸自の大宮化学学校によれば、三千個ほどあるそうです」

大宮化学学校には陸上自衛隊の化学兵器と防護方法の専門部隊がある。

「そうか。科警研の検査結果が待たれるな」

一刻を争う事態であることは誰もが分かっていることだろう。

「あとは筒内総監がいつテロの判断を下されるのかです……」

これを警察は忸怩《じくじ》たる思いで聞くことになるのだ。テロの判断は事実上、警察トップによる敗北宣言でもあると鷹田には思えた。

「辛い判断になるな」

浜谷も同じ思いのようだった。

「そうですね。この事件は平成の世に起きた大惨劇として、実際に被害にあった方々だけでなく、この時代を生きるすべての国民に暗い影を落とすことになると思います」

鷹田がそう言うのを憔悴《しょうすい》した様子で聞く浜谷は、ショックを隠せない様子で顔を歪めた。

「今日をもって日本の安全神話は崩壊した。東京という大都市で、不特定多数の市民を標的にした大量殺戮兵器の使用を許してしまったんだ」

「化学兵器を使ったテロとしては世界的にも類を見ません」

今頃日本だけでなく、全世界に衝撃が走っていることだろうと鷹田は思った。

「世界中の情報機関が事態を重く受け止めているだろう」

鷹田と浜谷は同時にため息を吐《つ》いた。

「しかも狙われたのは日本の中枢、霞が関だ」

ただターゲットについて鷹田は違う可能性を考えていた。

「職員の出勤時間が少し早まる月曜日とは言え、霞が関の行政機能を狙うにしては午前八時過ぎという時間帯はやや早いように思います。彼らより朝が早い警視庁本部に勤務する警察官を狙った犯行とも受け取れるのではないでしょうか」

「松林サリン事件は裁判官を狙ったものと考えれば、どこか似ているな」

浜谷は顎に手をあてて考えていたが、ふと壁時計を見上げると九時十五分過ぎであることに驚いた様子である。

「もう事件発生から一時間以上経過しているな。テロの判断を出すタイミングとしては少し遅いぐらいかもしれん」

「先ほど校長に聞きましたが、警察庁では九時に対策本部を設置したそうです」

「なんだ、現場にはそんな話は全く入ってきていないぞ」

その時、浜谷の卓上電話が鳴った。鷹田はそばで様子を窺っていたが、公安部長室別室からかかってきた電話のようだった。

「官邸に官房長が呼び出されたようだ」

受話器を置いてから浜谷は言った。

「鷹田、一緒に部長室に来てくれ。チヨダに話していた概要を改めて萱野部長に報告してほしい」

これまで鷹田の目から見ていて、公安部長と公安総務課長はカルマの脅威についての認識がやや甘かったように思えてならなかった。

椅子にかけていた上着をとりながら鷹田は内心つぶやいた。

——公安部長はテロの怖さをこれでやっと知ることになったか……。

それから浜谷と鷹田は部長別室に行った。

「公安部の東《あずま》参事官、熊本《くまもと》参事官もご同席されます」

別室に控えていた主任がこちらに言った。

東と熊本は参事官で、それぞれキャリアの警視長とノンキャリの警視正だ。ノンキャリの熊本は、この次の異動では警視長に昇任して警察学校長になると目されていた。

「入ります」

ノックのあと浜谷は入室する旨を告げた。

公安部長室の応接セットには公安部の四大幹部が顔を揃えていた。

入り口で鷹田は背筋をピンと伸ばした。

萱野公安部長が浜谷に向かって言った。

「あまり時間がないので手短に報告をたのむ」

「座れ」の一言がないということは、立ったまま報告せよという意味だ。

キャリアの部長担当、東参事官が口を開いた。

「鷹田君だったかな。今回の毒ガス事件はカルマ真仙教の仕業と考えてほぼ間違いないな」

「使用された毒ガスがサリンであれば、カルマ真仙教の犯行である可能性が極めて高いです」

「君は公安部の情報担当としてカルマ真仙教を調べていたのだな」

萱野は確認するように言った。

「はい。重要な一次情報はあまり入手できておりませんでしたが、二次情報の裏付けになるようなものは集められたと思います」

「カルマ真仙教には本当にサリンを作る能力はあったのか」

腕組みしたまま眉を寄せて萱野は尋ねる。

「彼らが入手した機材を活用すれば可能だと思われます」

「原料はどうするんだ」

「静岡県警の調べでは、サリン製造に必要な三塩化リンという劇薬が大量にサティアンへ搬入されたことが確認されています」

「その件に関しては誰から聞いたんだ」

「管区同期の県警公安課員です。納品書の写しもあります。ちなみにサリン製造に使われる機材は副島《そえじま》化学工業から斡旋をされましたが、その納品書も入手済みです」

「鷹田君がか？　どうやって」

「私が業者を聴取し直接入手しました。その時、この機材でサリンの製造が可能であるとの説明を、カルマに対して行ったと供述しました」

「その業者は、なぜそんな余計な説明をしたんだ」

「機材はインキ自動配合装置といいます。三千八百万円で売買されました。その機材の設置のため上十条村の化学プラントに出向いた際、この機械の応用例について話をしたと言いました」

「だから、なぜサリンが出てくるのか聞いているんだ」

東がせかすように言う。

その理由は多くを知らないからだ。この部屋に集まった公安部幹部たちは、カルマ真仙教の危険性を今日までほとんど認知しておらず慌てているのが鷹田の目には明らかだった。

「この機械を使えば様々な化学用品を作ることができる、と。農薬はもちろん、究極的にはサリンだって作ることが可能だと話したと聞いています」

浜谷が説明してくれた。

「普通の営業トークでサリンなんて言うもんか?」

東は皮肉っぽい笑いを浮かべた。

「副島化学の営業担当者は応用化学の専門家です。大学院時代から高度な研究をしており、カルマの化学班と専門的な議論ができたようです」

「そういうことか」

それから東が萱野公安部長に小声で何か言った。

「実はな、先ほど科警研と防衛大学校から今回使用された毒ガスがサリンであるとの報告を受けた」

やっと萱野の口からこの話が出たが、遅すぎるぐらいである。

「それでどういうご判断をなさったのでしょうか」

思わず鷹田は次の言葉を待たずに聞いた。

「じゃあ、鷹田君はどう考えるのか先に聞かせてくれ」

東がこちらをじろりと見て言った。

「テロです」

「そう易々《やすやす》と使う言葉じゃないことも分かっているだろう？」

「まあまあ」

萱野が東を制して言葉を引き取る。

「これをテロと断じるかどうかは、国家的な信用問題に関わってくる。だから非常に悩ましい判断なんだよ」

眉根を深く寄せて萱野が言うと、東が口を開いた。

「熊本参事官の意見を聞いてみましょう」

それまで視線を落とし考え込むようにしていた熊本が顔を上げた。熊本は幹部からの信頼が非常に篤《あつ》い人物だった。

「先ほど寺内捜査第一課長と確認しましたが、われわれは当初の予定通り、明後日カルマ真仙教にガサを打ちます。松林サリン事件とカルマを結びつけた元日の新聞報道以来、カルマ真仙教に対する国民の恐怖心は日々高まっており、テロと報じられることで、確かに株価などに悪影響が出る心配はありますが、それ以上にカルマを封じ込めることを第一義に考える必要があると私は考えます」

うむと低い声をもらすと萱野が頷いた。

「刑事部はともかく、われわれ公安部はカルマ真仙教に二度もサリンを使用させてしまったことを、重大な過失として正面から受け止めなければいけないな。昨年松林サリン事件が起き、そして今年地下鉄サリン事件が起きてしまったと」

萱野は呻くように言って東の方を見た。東も頷く。

「はい。その認識を一刻も早く総理大臣に知らせる必要があると思います」

熊本の意見に鷹田は同意する気持ちだった。

「よし、最終的に筒内総監の判断を仰いでから、官房長に報告だ。東君、それでいいな」

「テロの判断は本来ならば公安部長の専任事項ですが、今回は総監ご自身が責任者となるようですので、そのご判断に従います」

鷹田が浜谷の顔を見ると、浜谷は二度小さく頷いてみせた。退出の合図だった。

自席に戻ると事件の詳細が次第にはっきりしてきた。

犯行は、東京を網の目のように走る五つの地下鉄車内で行われ、サリンはほぼ同時刻に散布された。

午前八時過ぎ、最初の報告は千代田線からだった。

電車内で乗客数人が相次いで倒れたとの一報が入ってから、続々被害者の連絡が入った。駅員によって危険物が排除された後、この電車は霞ケ関駅を発車する。しかし車内で被害者が増え、次の国会議事堂前駅で停止した。乗客のほか、駆けつけた駅員数名が被害を受け、そのうち二人が死亡、二百人を超える重症者が出た。

次の報告は丸ノ内線からで、上下線が被害にあった。

中野坂上駅で乗客から通報を受けた駅員が重症者を搬出、危険物を回収した後、列車は終点まで運行を継続した。この列車では一人が死亡し、三百五十人以上が重症となった。

もうひとつは本郷三丁目駅で駅員によって危険物が処理された。その後しばらく列車は運行され、国会議事堂前駅で停止するも、二百人を超える重症者が出た。

日比谷線では、運行中に異臭に気付いた乗客が窓を開けたとほぼ同時に、複数の乗客が倒れたようだ。この列車では一人が死亡、五百三十人以上の重症者を出した。

さらに逆方面の日比谷線では、小伝馬町《こでんまちょう》駅で乗客が車内からホームに危険物を蹴り出した。列車は運行を継続したが、乗客が車内非常通報装置を押したため列車は築地駅で運転を打ち切った。

この時運転士が「車両から白煙が出て複数の乗客が倒れている」と通報したため、爆発事故発生との報告が警視庁に入る。国会並木通りに突発予備として待機していた爆発物処理班は、大渋滞の皇居外周の内堀通りから晴海通りの反対車線を緊急走行、築地駅に急行したが爆発物は見当たらなかった。

小伝馬町駅のホームには危険物が放置されていたが、前後の駅で運転を見合わせていた列車数本が小伝馬町駅で乗客を降ろした。乗客の多くはホーム全体に広がったサリンを吸引し、甚大な被害を受けた。この列車では七人が死亡、重症者は二千五百人に迫った。

八時十分には、複数の地下鉄駅が人であふれ返りパニックが起きた。

八時三十五分、日比谷線は全列車の運転を見合わせ、列車内や駅構内の乗客を避難させた。千代田線、丸ノ内線では不審物や刺激臭の通報のみだったため、被害発生の確認が遅れ、九時二十七分になり営団地下鉄すべての路線で運転見合わせとなった。

九時半過ぎ、警視庁通信指令本部から今回の被害はサリンという化学物質が原因であるとの通達が警視庁の全警察官に送られた。

十一時近くになり、地下鉄全線全駅での状況確認が終わった。被害者が多く発生した霞ケ関駅、築地駅、小伝馬町駅などの地上出入り口付近には、多数の被害者が座り込んで救助を待った。

東京消防庁は救急隊、化学機動中隊、特別救助隊など多数の部隊を出動させ、すぐさま被害者の救助にあたった。警察も機動隊の機動救助隊を出動させた。

都内の大規模病院には多数の被害者が搬送されていた。最も多くの被害者を出した小伝馬町駅と築地駅に近い聖路加国際病院の存在は大きかった。

聖路加国際病院は、大量の患者の受け入れを想定した設計と体制が組まれていた。病院側はすぐに一般外来の受け入れを中止する一方、被害者の受け入れ人数を制限せず、大多数の被害者の治療を行った。

さらにこの病院は、被害者に共通する症状から有機リン系中毒を疑い、薬品卸会社に対し、即座に解毒剤であるプラリドキシムヨウ化メチル（ＰＡＭ）を大量に緊急要請した。

一般的にＰＡＭは有機リン系の農薬中毒に対する薬剤として知られていたが、サリンやＶＸガスなどの神経ガスも有機リン剤の一種であるため、ＰＡＭが有効との判断からだった。

しかし都内全域でもＰＡＭの在庫は極めて少なかった。

薬品卸会社はＰＡＭの製造元である製薬会社に緊急連絡を入れた。この製薬会社は有機リン農薬を製造していたため、この農薬による中毒に対処できる薬剤としてＰＡＭを製造していたのである。

解毒剤の投与は時間との闘いだった。サリンの場合、サリンを浴びてから五時間以内に投与しなければ手遅れとなる。

薬品卸会社と製薬会社では、全国各地の在庫を社員が新幹線や航空機で東京まで運ぶという緊急措置が取られた。

駅や空港で医療関係者とパトカーが待機し、巧みに人海戦術リレーが行われた。さらに陸上自衛隊衛生補給処から緊急空輸が行われ、六百人以上の被害者を救うことができた。

事件現場の最前線では、多くの医療関係者による迅速な対応がなされていた。

警視庁の対策本部には、刑事部長以下、主だった刑事部幹部と捜査幹部が招集されていた。警備部長、公安部長は陪席的な立場でしかなかった。

明後日に予定されている強制捜査において、証拠の収集手続きに関しての申し合わせである。

対策本部での会議終了後、筒内警視総監が緊急記者会見を開いた。

「都内地下鉄構内において無差別テロが発生した。現時点では容疑者は不明なるも、複数の現場の存在を鑑みれば大きな集団が計画的に行ったことは明らかである。日本国の首都の治安を預かる警視庁として早急な事件解決を国民の皆さんにお誓い申し上げたい」

記者会見では「無差別テロ」という言葉が使われ、全世界のメディアはこれを衝撃をもって伝えた。

「日本の首都東京で有毒神経ガスによる無差別テロ事件が起きました。被害者は数千人に上る模様です……」

鷹田は茫然とテレビ画面を眺めた。

事件現場の残留物の一部は、警視庁科学捜査研究所へ持ち込まれた。有毒神経ガスのサリンであると判明するや、この情報はすぐさま関係各所へ伝えられ、消防や病院は対処にあたった。

警察庁では警察庁長官室に次長、官房長に加え、刑事局長、警備局長、刑事企画課長、警備企画課長が一堂に会していた。

「長官、たった今、筒内警視総監からテロと判断した旨の連絡が入りました」

前川《まえかわ》次長が國枝《くにえだ》長官に向かって言った。

「テロ事件だと警備局が仕切ることになるのだろうが、警視庁は刑事部が主体となっているようだな」

國枝が杉野警備局長の方に顔を向けた。

「残念ながら、松林サリン事件もいまだにテロと断定できていないですから」

杉野は苦りきった顔つきで答えた。

「それは核心情報が入手できていないということか」

「はい、警視庁公安部の管理官を情報担当にしていますが、カルマ真仙教が武装化したカルト集団であることから、無理をさせずにおりました」

「さすがに、私だってこれほどのことをやるとは思っていなかったよ」

國枝はひとりごつように言うと再び杉野に尋ねた。

「警備局としてはどうなんだ、やはり奴らの危険性に対して判断が甘かったと思うか」

「既報のとおり、怪文書でも松林サリン事件がカルマ真仙教によるもので、さらに重大な事件を引き起こす可能性を示唆しておりました。ただ、刑事部門で警視庁本体が動くことができなかったことが最大のネックであったと考えております」

「強制捜査では公安部も動くのだろう」

「はい。刑事部長にも承知させています」

「公安総務課長は誰だ？」

「小松《こまつ》です」

「小松か……弱いな」

「次の異動で警備局公安一課長にチヨダの大石理事官を据えようと思っております」

「あいつは優秀な男だ。チヨダの後任はどうするか」

「現在検討中ですが、備局で情報の重要性を学んでいる者で、これから更に伸びそうな人物を充てたいと考えております」

國枝は県警本部長のポジションに就いて以降は、刑事畑一筋だった。警備警察の情報部門をさほど重要視していないように密かに杉野は感じていた。

「ところでカルマ真仙教の内部情報を取っている者は、警視庁以外にはいないのか」

「静岡県警に一人おりますが、そこは完全なる二次情報です。ただし、長官もご存知の岡広組武藤会《おかひろくみむとうかい》にパイプを持っておりますので、富士里や上十条の教団用地の土地取得や第七サティアンに造られているサリンプラント等に関しては有効情報を得ています」

これを聞いて國枝長官の目の色が変わった。

「静岡県警といえば藤城《ふじしろ》か？」

「よくご存知ですね」

「私も静岡出身だからな。県人会で藤城には何度か会っている。巡査から警部まで一所属だったからな。なあ大垣、お前も藤城は知っているだろう」

大垣刑事局長もまた長官と同じ静岡県浜松市出身で、警察庁内の二大派閥と呼ばれる兵庫県人会と静岡県人会の一翼を担う会にはよく顔を出していた。

「藤城は静岡県警の誇りです」

大垣刑事局長の穏やかな声に応えるように杉野警備局長が言った。

「彼もまた日本警察の宝のような存在です」

これを聞いた國枝長官は満足気な顔つきで言った。

「そうか。藤城がまだ頑張っているのか……しかし彼は警察庁出向から県に帰って本部の補佐になっているんじゃなかったか？」

「おっしゃるとおりです。しかしカルマ真仙教に関しては警視庁公安部の情報担当同様に早い時期から追っておりました」

「そうか……警視庁公安部の情報担当者の階級は？」

「主任ですので警部補です」

「警部補か……情報の確度は大丈夫なのか？」

「それがチヨダの大石が驚くほどの情報と人脈を持っているようです」

「人脈か……所詮警部補だろうに」

「それが、内調経験者で政界ルートにも強いようです」

國枝長官は「ほう」と言って陪席していた篠村《しのむら》刑事企画課長に訊ねた。

「篠村は内調の主幹をやっていたが、そんなに情報を取ることができる者はいるのか？」

國枝長官から話題を振られた篠村刑事企画課長は軽く二度頷いて答えた。

「私が内調国内第一部主幹在任中に二人面白いのがおりました。私の後任が西岡《にしおか》警備企画課長ですから、西岡君も知っていると思いますが……」

國枝長官は東大運動会剣道部の部長を経験しており、篠村も東大運動会アメリカンフットボール部の部長だった。このため運動会部長経験者同士というつながりが暗黙の了解のうちに確立されていた。

「そうか……西岡はどう思う？」

「私は篠村君の後任でしたから同じ人物だろうと思いますが、私が着任した時には二人ともすでに情報マンとしての地位を確立していたと思います」

「情報マンか……どういう情報なんだ？」

篠村刑事企画課長と西岡警備企画課長は警察庁同期で、どちらかが将来的には警察庁のトップに立つと思われていた。

「二人は全く異なる性格と手法なのですが、それぞれが独自のスタンスで政財官の重要人物をバッティングすることなく押さえていました」

「たった一年ぽっちで、そんなことができるのか？」

「一人は巡査部長時代に外事警察の経験があったのですが、他方は地域警察しか経験がありませんでした。二人とも面白い存在でした」

「ほう。警視庁ならではの人材なんだろうな」

「東京地検特捜部から来ている検事も二人の情報収集と分析能力に呆れておりました」

「そうか……そんなすごい男が実際にいるのか……」

すると杉野警備局長が思い出したように言った。

「そう言えば、その警視庁公安部情報担当者は阪神・淡路大震災が発生した時に、震災の状況を眺めながら、これで岡広組は十年安泰だと言ったそうです」

「面白い男だな……そういう全く違う発想が出てくるところがいい。しかし、そういう人間が警視庁のようながんじがらめの組織の中で育つかな」

國枝長官の言葉に杉野警備局長が頷くと、同期の刑事、警備の両企画課長は顔を見合って頷いていた。

＊

鷹田は手元が落ち着くと、自分の足で現場を回ろうと外へ出た。

すでに事件発生から二時間以上が経過していた。

桜田通りに出ると、まだ搬送されずに救助を待つ多くの被害者で道があふれていた。うずくまったり、体を横たえたりしながら皆救助を待っているようだ。警視庁のすぐそばで起きたテロであることに改めて気付かされ鷹田は戦慄を覚えた。

霞が関から日比谷公園を抜けて晴海通りに出る。数寄屋橋交差点にも人が溢れていた。今朝父親がかけてきたと思われる交番そばの公衆電話ボックスには、いまだ列ができていた。

晴海通りを、銀座四丁目交差点から築地に向かった。かつて築地署で一年間の勤務経験があった鷹田は、築地駅周辺を埋め尽くす被害者の数に胸がひどく痛んだ。

築地三丁目の交差点から新大橋通りに入り、築地本願寺を抜けて重症者の多くが運ばれた聖路加国際病院を目指した。

病院に到着すると言葉を失う光景が眼前に広がっていた。

警視庁のブルーシートと消防庁のオレンジシートが一階のホールを覆い尽くし、まるで野戦病院のように、方々から痛みを訴える呻き声が聞こえてきた。

目を手で覆い壁にもたれかかったまま動かない若者、俯《うつむ》いてすすり泣く年配の女性、苦悶の表情で宙を見上げるスーツの男性。大勢の被害者を目の前にし、とうとう鷹田の理性の箍《たが》が外れ嗚咽《おえつ》を漏らした。止めどなく涙が流れ、全身の血が逆流するような口惜しさと自責の念で体が震えていた。

──本当に申し訳ない……。僕らが防げなかったからなんだ……。

「そこに立ってないで！」

鋭い声が鷹田に浴びせられた。慌てて鷹田が飛び退《の》くと、白衣姿の女性の医師がすぐ目の前を走り去っていき、その後患者を乗せたストレッチャーが続く。担架で担がれて運ばれていく病人もいる。ストレッチャーが不足しているのだろう。

医師、看護師に交じって看護学生と思われる若者の姿もあった。看護師に指示をあおぎながら額の汗を拭いつつ懸命に手当てを行っている。

築地警察署の職員も多数いた。病人に肩をかしたり、声をかけて励ましたりと、今ここでできることに精一杯取り組んでいた。

しかし鷹田はこの場で病人たちに何一つできなかった。全体の被害状況を摑まなければならないので、一ヵ所に留まることが許されなかったからだ。

鷹田は俯いて病院を出ると小伝馬町駅に足を向けた。

小伝馬町駅周辺も、多数の被害者で埋め尽くされた修羅場だった。

──まさしくこれが「敗北」の光景なんだ。

鷹田は身を以《もっ》て痛感した。この修羅場に身を置きながら、ただ悔し涙を流して、被害者に詫びることしかできない自分の存在そのものが、何よりも敗北を象徴しているのだと思った。

溢れる涙や洟《はな》を拭いもせず、一生記憶が薄れることがないよう鷹田はこの惨状をしっかりと目に焼き付けた。

ふとこの一月に起きた阪神・淡路大震災のことが頭をよぎった。あの時、制服を脱いで、心を鬼にして被害の実態把握を優先せよと命じられた現地の警察官の気持ちは今の自分と似ていただろうか。

しかし彼らは目の前で苦しむ被害者に対して無力感こそ覚えたかもしれないが、予測不可能な天災に「敗北」したというのは当たらない。一方今回は、以前からカルマ真仙教によるサリンを使用したテロは危険視されており、警察が食い止められたかもしれない被害なのだった。

鷹田は愕然とする思いで被害者たちのことを想い、再び大粒の涙を流した。

それから毅然とした気持ちで顔を上げると警視庁に引き返すことにした。

デスクに戻ったのは正午に近かった。

「現時点での被害状況が出た」

手洗いで顔を洗って出てきたところを沈鬱な表情の浜谷に呼び止められた。

「現時点での人的被害は六名が死亡、負傷者は六千人近いようだ」

鷹田は口元を固く結んでその状況を受け止めた。

第二章　強制捜査

地下鉄でサリンが撒かれた翌日、三月二十一日。

大規模な強制捜査が明日に迫っていた。

異様な緊張感の中で、捜査員たちは防毒マスクや防護衣の着脱訓練を行った。この日が二度目の訓練となる鷹田は、後輩らを指導する役回りだった。

「昨日の事件はやっぱりカルマの犯行なのか」

「正月の新聞で松林の一件との関連を疑われていた、あのカルマか」

「両方ともサリンが使われているから同一犯だろう」

「そもそもカルマの施設はどこにあるんだ」

「明日行けば分かるさ」

休憩中、公安部の若い巡査たちの話し声が聞こえてきた。

地下鉄サリン事件がサリンを使用したテロであるとの総監発表はあったものの、実行犯がカルマ真仙教の信者と特定されたわけではなかった。

「あいつ、遺書を書いて簞笥《たんす》の引出しに入れてきたらしいぞ」

「縁起でもないな」

「でも、サリンを吹き付けられたら終わりだろう」

重い防毒マスクの着脱訓練をすれば、おのずとそういう会話が始まってしまうのだった。

訓練終了後、夜の八時に集合ということで一旦解散した。

鷹田ら公安部から出動を命じられた百人あまりの捜査員は第一機動隊に入れられることになり、機動隊の道場で仲間と雑魚寝《ざこね》をした。

二十二日午前三時半、捜査員たちは起床した。

午前四時、各隊はまだ暗い中を出発した。防護服は蒸れるので前を開けたまま機動隊車両に乗り込む。そのうち約半数にあたる巡査部長以下は、自分の乗った車両がどこへ向かうかだけでなく、これが何の捜査なのかすら明確に知らされていないのだった。

第一機動隊は隊長を筆頭に、基幹隊四個、中隊一個に加え、公安部公安総務課と刑事部捜査第一課の捜査員が入った大所帯となった。

二十台以上の警察車両が大車列をなして、早朝の首都高速を走って行く。すべての捜査員が対ガス防護服を着用し、膝には防毒マスクを抱えていた。

車列は中央環状線から高速四号新宿線に入り、中央高速を経て大月インターチェンジから河口湖方面に向かった。

午前六時前、車列が河口湖インターを降りた時だった。

窓の外を見た鷹田は思わず自分の目を疑った。

「外を見てみろ」

思わず隣に座る捜査員の肩を揺する。

そこには多くの報道陣が群がっていた。所狭しと三脚を立てムービーやカメラを設置して警察車両の到着を待ち構えていたのだ。

「なんだよ」

鷹田は気が抜けた声で言った。

「おいおい、マスコミには筒抜けだったのか」

隣の捜査員も白けたように苦笑する。

「信じられないな」

公安部の捜査員には、マスコミに見守られながらガサ入れをするなど考えられなかった。

「これが刑事部さんの流儀らしい」

「世間様に警察の頑張りをアピールするためにカメラを呼んだんだろう」

「浅間山荘の時と同じ発想だな」

「生放送されているのかな。強制捜査がテレビ中継とは参ったわ」

鷹田には理解できなかったが、刑事部捜査一課が主導する捜査なのだから方針に従うほかない。もっとも刑事部と公安部が合同で強制捜査を行うなど前代未聞のことだった。

「マスコミは知っていて、身内は知らないってどういうことだ」

憮然とする同僚が舌打ちしたので、

「こんなことじゃ証拠品はとっくにどこかへ行ってしまっただろうな」

鷹田も同調して口を尖らせた。

「出動前に公総課長が俺たちに言ったよな、『今回の差押えは秘匿を厳守するように』って」

「ああ、馬鹿らしい。課長も課長だよ。どうせ知ってたんじゃないか」

無数のフラッシュがたかれる中を車両は河口湖方面に進んで行った。

「……うちはうちでやれることをやろう」

しかしこんなことで気持ちが緩んではいけないと、鷹田は自分に言い聞かせるように呟いた。

車列は河口湖から国道百三十九号から猪之頭《いのかしら》入り口交差点を抜け、県道七十五号に入った。上十条村のサティアンを大回りして迂回するルートのように鷹田には思えた。

午前七時、第一機動隊は静岡県富士里市にあるカルマ真仙教総本部前に到着した。施設そばにある公民館の駐車場にはすでに多くのマスコミ車両が陣取り、警察はカメラを持った報道陣からフラッシュで出迎えられた。

午前七時十分、富士里エリアの総指揮官である第一機動隊長から降車の指示が出た。公安捜査員が外に出ると背後では無数のストロボが焚かれ、カメラマンのシャッター攻勢はさらに強まった。

「公安の顔を撮らないでほしいな」

カメラから顔を背けながら鷹田はぼやいた。

「面が割れたらこれから潜入捜査ができなくなるっての」

渋い顔の同僚は首をすくめる。

「証拠品がまだ少しでも残っていればいいけど」

「完全に空振りじゃあ、やってられないよ」

この富士里総本部エリアには、総本部の他に第一サティアンと第四サティアンがあった。

「ここでサリンを作っていたんですか」

後輩の久本《ひさもと》巡査部長が鷹田に尋ねた。

「いや、サリンが製造されていたのは、山梨県上十条村の第七サティアンにある化学プラントだ」

「それならここはサリン、大丈夫ですかね」

そう言って久本は隊列の先頭を指差した。

「あいつらも大人しくしているようですし」

隊列の先頭に立つ機動隊員たちは三つの鳥かごを持っていた。鳥かごの中の黄色いカナリアたちは、みな止まり木の上でじっとしている。

自らの身を賭《と》して他人を救う者のことを比喩的に「炭鉱のカナリア」と言う。それはかつて炭鉱労働者が、炭鉱でしばしば発生する一酸化炭素などの有毒ガスを検知するために、人より有毒ガスに敏感に反応するカナリアを籠に入れて炭鉱に入ったことからそう言われるようになったのだが、平成の今でも毒ガスの危険性のある捜査現場にはカナリアが連れて行かれた。

「鷹田！」

そこへ浜谷の鋭い声が響いた。浜谷管理官は第一サティアンの捜査指揮官に任命されていた。

「お前が先頭だ」

「はいっ」

カメラのシャッター音が一段と増す中、鷹田は俯きながら先頭に走り出た。鷹田の前には鳥かごを持った機動隊員しかいなかった。

外はすっかり明るくなり、空は晴れ渡っている。

午前七時十五分、カルマ真仙教に対する強制捜査が開始された。

捜査員全員が厳《いか》つい防毒マスクを着用する。この異様な光景が意味するのは、ここが戦場だということだった。まさに今自分は化学兵器で攻撃を受けるおそれのある戦場にいるのだと鷹田は思う。

「中の者たち、聞こえますか。扉を開けなさい」

浜谷が拡声器で中の信者に呼びかけた。

第一サティアンからは何の反応もない。

しばらく待って浜谷は機動隊員に合図を送った。

「開扉《かいひ》措置、始め！」

機動隊員がエンジンカッターを扉のノブの近くにあてる。飛び散る火花とともに耳をつんざく轟音が、静かな朝の富士里に響き渡った。

複数ついた鍵部分をものの数分で破壊した後、大型のバールでドアをこじ開けた。

「管理官、まだあります」

機動隊員が叫ぶ。その奥には太い金網が取り付けられたガラス扉があった。

「扉を開けなさい！」

浜谷が再度拡声器で呼びかけたが中は静まり返ったままなので、今度は機動隊員がガラス扉の中央をめがけて巨大なハンマーを振り下ろした。

「せーの！」

ガラスが砕け散る音がし、その破片が機動隊員たちの足元に散らばった。

日頃から機動隊員は敵の拠点への侵入訓練を受けているだけでなく、公安部や組対部と共に極左暴力集団のアジトに踏み込むことになれば前線に立つ。

カルマ真仙教のプレハブ倉庫のような教団施設など、機動隊の手にかかれば一たまりもないだろうと鷹田は思った。

警察との対決に慣れた極左暴力集団ならば、最後まで警察に抵抗して開扉を拒み、時間を稼いで証拠品や重要書類を処分してしまうものだ。しかしこの日が初めての強制捜査となったカルマ真仙教は、ただ建物の中で息を潜めて様子をうかがっているだけのようだった。

機動隊はガラス扉をみるみるうちに壊していく。

「やめてー！」

もう扉が開くという時になり、ガラス扉の向こうに人影が見えた。

「扉を開けなさい」

再び浜谷が拡声器で呼びかけると中から扉が開かれ、長い髪をおろした若い女が現れた。女はサマナ服を着ておらず、セーターにジーンズという普段着で鷹田は一瞬面食らった。

恐怖と怒りに顔を歪ませた女は、外まで出てくると金切り声を上げた。

「どうしてこんな酷《ひど》いことをするんですか!」

「あなたたちが呼びかけに応答しないからです」

浜谷は拡声器を手に提げて、大きな声で言った。

「だからといって警察に建物を壊す権利があるのですか」

「裁判所からあなた方の建物に対して捜索差押許可状が出ています。この令状があれば扉などを破壊することは許されています。必要ならば弁護士でも呼んでください」

令状という言葉を聞いて女は黙ったが、その唇は小刻みに震えていた。

「ここの責任者を呼んでもらえますか」

この女がどれほどの地位の者なのか外見からは分からない。顔立ちは整っており、阿佐川の愛人の一人かもしれないと鷹田は思った。

「責任者は尊師ですが、今はいません」

「では責任者に代わる方を呼んでください」

「その方は今、病気で臥《ふ》せっています」

この時になって女は自分に向けられるビデオカメラに気付いたようだった。

「ビデオを止めて下さい！」

女は悲鳴をあげてカメラの邪魔をしようとする。

「これは警察の行為の正当性を証明するための撮影です。警察に違法行為があった場合、あなた方はこのビデオを証拠として違法性を立証することができます」

大きくため息を吐いた女に向かって浜谷が言った。

「第一サティアンには今、何人の信者がいるのですか」

「女性五人しかいません。隣と、その隣には数十人の信者がいます」

「それは富士里総本部と第四サティアンのことですか」

「そうです」

「病気で臥せっている方の他に、あなたより地位の高い方はいませんか」

「いません」

女は悲愴な顔で言った。

「分かりました、では」

捜索差押許可状を女性に示してから、浜谷は令状を読み上げた。

「これから第一サティアン内のすべての部屋を捜索します。部屋はいくつぐらいありますか」

「二十以上です」

「各部屋を捜索する際に立会人が必要なので、誰か隣の建物に呼びに行かせてください」

そう言うと浜谷は後ろに控える捜査員に目配せした。

「もちろん警察が同行します」

僅かな抵抗も諦めたのか素直に女は頷き、その場を離れようとするところを鷹田が呼び止めた。

「ちょっと、その前にあなたの名前を教えてください」

「どうしてですか」

警戒心を露《あらわ》にして女は細い眉を寄せた。

「警察が誰に対して捜査令状を見せたのか明らかにするためです」

口元に手を当てて考えるような仕草を見せた後、女は顔を上げた。

「加瀬敬子《けいこ》です」

その姓を聞いて鷹田ははっとした。以前岡元が阿佐川の愛人加瀬涼子には妹がいると言っていたのを思い出す。

「ケイムー徳師は病気なのですか」

驚いた顔で女は鷹田を見た。

「教団内のこと、ケイムー徳師のことをご存知なのですか」

「あなたは徳師の妹さんですね」

「……そうです」

「ケイムー徳師の容態は」

再び鷹田が聞くと敬子は目を伏せるだけで何も答えなかった。

「立会人を呼びに行かせて」

浜谷が顎をくいと上げて建物の上階を指す。後ろに控えていた巡査部長四人を、敬子と共に建物の中に入らせた。

「よく加瀬涼子の妹だと分かったな。そう言われると顔立ちも似ている」

鷹田の方を向いて浜谷が言った。

阿佐川はこの美貌の姉妹を二人とも愛人にしているのだろうか。ふとそんなことが鷹田の頭をよぎる。

「姉の涼子は阿佐川や岡元ともよく話をしていますから、案外この妹も内部事情には通じているかもしれません」

浜谷は頷いた。

「案外ここには掘り出し物があるかもしれないな」

鷹田もそう感じていた。

「はい、もしかすると宝の山の可能性があります」

なぜなら加瀬涼子は教団の大蔵大臣であり、教団の会計に関する証拠品や金がここに置かれているかもしれなかったからだ。しかも女性信者しかいないとなれば、証拠品を押収する際、警察相手にひどく暴れたり抵抗することもないだろうと思った。

すると敬子が二人のサマナ服を着た女を伴って階段を降りてきた。その二人は二十代になったばかりのような幼さの残る雰囲気で、たくさんの捜査員を見て顔を強張らせている。

一緒に中に入った中井《なかい》巡査部長が言った。

「鷹キャップ、まだ中には二人の信者がいます」

公安捜査では現場で互いの本名を呼ばないのがルールだ。相手方に本人が特定されるのを防ぐためである。

「了解」

すると今度は、富士里総本部の方から捜査員に伴われて、二十人ほどの男性信者が

こちらにやって来た。立会人となる者たちの顔を一瞥《いちべつ》してから、

「では中へ入ってください」

浜谷がそう促したが、信者たちはドアの前で困惑した表情で顔を見合わせた。

おそらく第一サティアンに出入りが許されているのは特別な信者だけなのだろうと鷹田は思った。

「全員第一サティアンの中に入ってください。ケイムー徳師も体調がすぐれないそうですから、少しでも早く捜査を終わらせた方がいいでしょう？」

もう一度浜谷が言うと、躊躇する様子を見せていた信者は互いに小声で何か言葉を交わしてから、静かに建物の中へ入っていった。

信者一人の両脇に捜査員がつき、それとは別に一部屋に四人の捜査員を配置する指示を浜谷は出した。

「よし、われわれも行こう」

「ひとまずすべての部屋を見て回った方がよいですね」

鷹田も頷いて第一サティアンの中に入った。

「加瀬さん、あなたが案内してください」

敬子は素直に頷いて浜谷に応じた。

浜谷には二人の伝令が付いていた。管理官の位置を示す三角の旗を持つ巡査と、無線担当の巡査だ。

鷹田は女性信者が多少は安心するようにと、公安総務課の女性捜査員と一緒に、敬子の案内で最上階の三階に向かった。

三階には三つの部屋があった。中でも一番広い三十畳ほどの部屋には、白いグランドピアノが置かれ、厚手のカーペットが敷かれた床には子供のおもちゃが散乱している。おそらくこの部屋はリビングのように使われているのだろう。

「うわっー!」

突如鷹田は叫び声を上げ皆の視線を一身に集めた。

グランドピアノの上にいた白猫が、いきなり鷹田の目の前に飛び降りたのだった。

「すみません、てっきりぬいぐるみだと思っていました……」

浜谷や捜査員たちが苦笑する。

「どんまい、どんまい」

部屋の奥には若い女性信者が怯えたように座り込んでおり、その腕の中には子供がいた。おもちゃを手に持って、にこにこ微笑む子供は三歳ぐらいだろうか。まだ言葉にならないことを喋りながら、抱かれた腕の外に出ようと手足をバタバタさせている。

「驚いたな。そっくりだ」

「本当に」

子供の顔は阿佐川と瓜二つだった。加瀬涼子が産んだ子だろうか。

続いて隣の四畳半ほどの畳部屋に入る。

清潔な部屋に、布団が敷かれ女が横になっていた。女は掛け布団を目の下まで引き上げ顔を隠すようにして休んでいた。

「彼女がケイムー徳師ですか」

小声で鷹田が訊ねると敬子は不安そうに頷いた。

鷹田は女性捜査員に目配せし共に室内に入った。

「お姉さんに声をかけてくれませんか」

敬子が膝をついて女の耳元で何かを囁くと、女はゆっくりと目を開けた。その顔はひどくやつれ、目を少し開けているだけでも辛いといった様子だ。

しかし加瀬涼子は妹の呼びかけに二度小さく頷いた。

女性捜査員が敬子の横にかがんで容態を訊ねると、涼子は蚊の鳴くような細い声で産後の肥立ちが悪いと答えた。

どうやら阿佐川との間にできた二人目の子供を産んだばかりのようだった。

「赤ちゃんはどこにいるんですか」

女性捜査員がそっと聞いた。

「附属医院の方に……」

カルマの会の頃からの古株で、教団がカルト化していく過程を阿佐川ら幹部たちのそばで長年見続けてきた加瀬涼子。涼子は女性信者の中で最高位にある幹部の一人である。鷹田はその姿から目が離せなかった。この女はどこまで知っているのだろうか。

畳部屋の隣は事務室のような作りで、角にはコピー機が置かれ机の上にはデスクトップコンピューターがあった。最近のモデルのようである。鷹田は机の周辺を覗いたが記憶媒体がなく、すでにどこかに運び出されてしまったようだ。そしてこの部屋で何よりも異様な存在感を放っているのは、高さ一・五メートルはあろうかという耐火金庫だった。

「こんな大きな金庫があるんですね」

後方から巡査部長の堀内《ほりうち》が唖然とした様子で言った。

「宗教団体は金を持っているからな。このぐらいのサイズは必要だろう」

「ただ中身が残っているかどうかは分からないな」

浜谷が言ったので鷹田は頷いた。

「管理官、ところでどうして公安が富士里のガサを担当することになったのですか」

「今回のガサの名目は、公証役場事務長拉致事件だから、拉致事件に使われたとされる上十条村の施設は捜一がやることになったんだ」

「上十条にハムは入っていないのですね」

「第七サティアンにも公安部の要員を投入したかったんだが、松林サリン事件関連の令状までは取れなかった。ただし、あそこの捜査は一日では終わらないだろうから、後日サリンの調べができるよう現場保存措置を取ったうえで、改めてハムが入ることになるだろう」

なるほど、と鷹田が頷いた瞬間だった。

「サリン！　サリン！」

階下から河野巡査部長と思われる大きな叫び声が聞こえた。

河野は二階奥に入ったはずである。鷹田と浜谷は目を見開き、とっさに部屋の入り口を振り返った。

「皆、防毒マスクをつけろ！」

次の瞬間周りにいた捜査員に浜谷がそう命じたので、鷹田も慌てて装着する。

三階は静まり返り、敬子も固唾《かたず》を呑んで状況を見守っていた。

依然として二階からは何も聞こえて来ない。

心臓が激しく音を立てるのを感じながら、鷹田は手遅れにならなければいいがと二階の捜査員たちの身を案じた。サリンの比重は空気より重く、サリンが撒かれた場合、下の階により被害が出ると思われていた。

「先ほどサリンの発言があった局。応答せよ」

浜谷の伝令役を務める巡査部長が階下に無線で呼びかける。

「先ほどサリンの発言があった局。応答せよ」

再び呼びかけたが何の応答もない。

三階の緊張は頂点に達そうとしていた。

皆が息を殺してその返答を待っていると、

「……そちら管理官の現在位置どうぞ」

二階から無線で確認が入った。

「河野か……？」

鷹田と浜谷は目を合わせた。河野はサリンを吸い込まずに済んだのだろうか。

その時、防毒マスクを握りしめた河野が階段を駆け上がってきた。

「大丈夫か。何があったんだ！」

肩で息をする河野に浜谷が走り寄る。

「すみません……カナリアが急に暴れはじめたんです」

皆が河野を取り囲む。

「籠の中でバタバタと……その瞬間サリンかと思い自分が大声を出しました。妙な臭いもした気がして」

「それで」

浜谷が河野ににじり寄る。

「猫でした」

がくりと頭を下げて河野はうなだれた。

「猫……？」

「大きな白のチンチラが捜索中の部屋に入ってきたんです。それにカナリアが驚いたようで暴れ出して……」

「あ、あの猫」

思わず鷹田が呟いた。

「猫は鷹キャップを驚かせたあと、カナリアを驚かせたというわけか」

澄ました顔でカーペットの上を歩いていた白猫は、知らぬ間に下の階に降りていたらしかった。

「皆、防毒マスクをはずせ」

浜谷が命じると、周りからほっとしたような笑いが漏れた。

百八十センチをゆうに超す巨体を河野は小さくすぼめている。

「いや、無事でよかった」

鷹田は笑顔で言って河野の背中を叩いた。

「サリンにあらず。サリンにあらず」

三階から無線連絡をすると、

「よかったあ」

「びっくりしたなあ」

第一サティアン内に安堵の声が広がった。

「さあ、また気を引き締めていくぞ。緩むとろくなことがないからな」

浜谷が檄を飛ばし捜査員たちは捜査を再開した。

しばらく鷹田は事務室で捜査員たちとパソコン周りを見ていた。

「パソコン周辺機器ですがケーブルさえ残っておらず、本体の電源は入るようですが、証拠品になるデータはほとんど取れないと思います」

「仕方ない。あれだけのマスコミが集まっていれば、カルマだって動かざるを得ないだろう。あとはこの金庫の中に何か残っていることを祈ろう」

頷いたものの鷹田にはこの中に金が残されているとは思えず、あとは畳の下や隠し棚などの中に会計関連の資料がないか捜すだけだろうと思った。完全に空振りするのだけは何としても避けたい。

「金庫の鍵はどこにありますか」

鷹田は加瀬敬子に尋ねた。

「わかりません」

敬子は首を横に振った。

「お姉さんに聞いてもらえますか」

頷いて敬子が畳の部屋に入り、女性捜査員も後に続く。鷹田はその様子を部屋の外から眺めていた。姉の枕元に座った敬子が耳に顔を寄せて囁いている。

女性捜査員が振り返って手でバツ印を作ったので、鷹田が外から声をかける。

「鍵がないなら、機械で開けることになりますがいいですか」

姉の涼子は目を閉じたままで反応はない。

「大蔵大臣が金庫の鍵のありかを知らないとはおかしな話ですし、捜査妨害とも受け取られてしまいますよ」

そう警告をすると敬子があえぐように言った。

「分からないものは分からないんです」

「ではやるか」

その後ろから浜谷が言った。

「お前、金庫破りが得意だろう。資格も持っているらしいな」

「学校に行ったのはもうだいぶ前になりますけど」

鷹田は公安講習を修了後、錠前技工士の資格を取るよう命じられたのだった。これは特許庁に正式に登録された資格で、一部の公安部員のほか、盗犯担当の捜査第三課の捜査員も同じく研修の一環で取得を命じられる。

「この金庫は旧式ですが、縦型ダイヤル式レバータイプです。ダイヤルはうまく探れば壊さず開錠することも可能かと思います」

金庫の鍵部分に顔を近づけながら鷹田は言った。

「そうか。ただ今日は見せしめの意味もこめて、極左にやるような強硬路線で行こう」

「こじ開けますか。そちらの方が案外時間がかかるかもしれませんが……」

浜谷がいや、と首を振る。

「警察が法の力を借りればこのぐらいのことをする、というところを見せてやろう」

鷹田も浜谷の言わんとしていることが理解できた。

「このサイズだと二、三十分ですかね」

二人は腕組みをして堅牢そうな金庫を眺めた。

「よし！」

浜谷は伝令にエンジンカッターと大型バール、大型ハンマーを要請するように指示を出した。

「金庫を壊すのですか」

鷹田のそばで様子を見ていた敬子が不安そうに尋ねた。

「壊すのではなくて開扉するのです」

「でも二度と使えなくなるような開け方ですよね、それは壊すのと同じじゃないですか」

必死に抗議するように敬子は言う。

「それは鍵がないからです。さきほどあなたに見せた捜索差押許可状のもとで、この金庫を開けさせてもらいます」

機動隊員が発動発電機とエンジンカッターなどの機材を三階の事務室に運び込んで来る。

エンジンカッターを持った捜査員が浜谷に聞いた。

「できるだけ早くこの扉を開ければいいのですね」

「ああ、やってみてくれ」

「ダイヤル式の鍵とノブに連動している鍵棒の部分を先にエンジンカッターで外せれば早く開けられるかもしれません」

廊下で発動発電機のスイッチを入れると、耳をつんざくような激しい轟音が建物中に響いた。

あわてて敬子が耳を塞いで姉が休む部屋に駆け込んでドアを閉めた。

続いて轟音の合間から、小さな子供の泣き声がかすかに聞こえたかと思うと、子供を抱えた女性信者がおびえた様子で、同じ部屋に避難した。

立会人に指定された男性信者は金庫を見ながら茫然と立ち尽くしている。ふとちらりと畳部屋の方を見たが、敬子ら第一サティアンで生活する女性信者たちに関心を持つことさえ禁じられているのか、慌てて正面に向き直った。

エンジンカッターが大音声を立てて金庫を斬りつけていく。脳天を直撃する嫌な金属音が建物中に響きわたったが、耳栓をした機動隊員は慣れた手つきで平然と作業を進めていった。

浜谷と鷹田は爆音の中で冷静に作業の様子を眺めていた。不思議なもので、五分もたつと鳥肌が立つような金属音にも慣れてくるのだった。

時折エンジンを止めると、子供の泣きわめく声が一層ひどくなったのが分かった。畳部屋から必死であやす声がもれてくる。

激しい火花が飛び散るため事務室内には水が撒かれていた。引火を防ぐための処置である。しかしその水もすぐに乾いてしまうほど、事務室内には熱がこもっていた。

作業開始から十五分ほど経った時、エンジンカッターが止められた。

「どうだ」

浜谷が合図を送ると機動隊員が耳栓を外した。エンジンカッターを握っていた男は技術班長らしかった。

「あとはバールでこじ開けた方が早いと思います」

技術班長は鍵部分を指差して言う。

「このタイプの耐火金庫の鍵棒は三ヵ所か」

すかさず鷹田も聞く。

「はい、そのようです」

「この金庫の重さはどのくらいだと思う」

浜谷が鷹田の方を向いて尋ねた。

「四百五十キロ、というところでしょうか」

そこへ三人の若い機動隊員が大型のバールを持ってきた。

「こんなにでかくて重い金庫だけど、バールでこじ開ける時に本体が動く可能性があるからな。周囲を固定してから始めてくれよ」

技術班長が指示を出す。

「扉を壊した方がいいですか」

「鍵棒が切れていないから、ドアよりも本体を曲げる方がいいな。本体の鍵棒が入る穴の周辺に、切り込みが入っているだろう。その辺りにバールを打ち込んでハンマーを二、三回ぶち当てれば曲がるはずだ」

素早く状況を把握し部下に指示を出す技術班長の技量に感心しながら鷹田はその様子を見ていた。

「バールの下に一個ハンマーを当てて、テコの応用でやれば少しは楽に開けられると思うよ」

鷹田もついアドバイスを送る。

「了解！」

部下たちがバールを駆使するのを見ながら技術班長が鷹田の方を向いた。

「主任も金庫をやっていたことがあるのですか」

「やっていたというほどでもないけど」

鷹田は首をすくめた。

「先ほどのご指示は経験者でないとなかなか出せませんよ」

「いや、ハム総の研修で極左アジトの潜入をやったとき、ホシは挙げられなかったけど、金庫を破って資料を取ってきたことならあった」

「そうでしたか。どうりで」

「班長も鍵専科をやったのか」

浜谷も会話に加わった。

「はい。ハム講習も終わっているんですが、部長試験になんとか通ったのでこれからどうなることやらです」

機動隊で班長というのは巡査長のことを指す。部長とは巡査部長だ。

「早く警部補（主任）までなるといい。部長で本部に来るよりも主任になってから来た方がいい仕事ができる。この主任もそうだからな」

浜谷が鷹田の肩を叩く。

「でも私服の僕たちには階級章が付いていないだろう。仕事は階級でするものではないから、僕は私服警察官には階級は関係ないと思っている。その場でやるべき仕事を考えて動くくせを付けないといけないってことだ」

鷹田が続けた。

「まあ今日は皆同じワッペン服だけどな」

肩に旭日章のワッペンがついた紺色の捜査服を指差すと班長は笑った。浜谷も鷹田も機動隊と同じ服装だった。胸元の印が階級を表す。

事務室の中ではハンマーで金庫を強打する音が響いている。

「おう、金庫の本体が曲がってきたな」

浜谷が指をさした。班長は現場に戻っていく。

「もう少しですね。これで中が空だったらうんざりしますけど」

「鍵がここにないようだから、逆に中身は残っていると思いたいな」

鉄と鉄がぶつかる激しい音が繰り返し鳴り響く。

「よし、あと一回！」

「もう一丁！」

すると掛け声とともに、ハンマーが床に落ちる重く鈍い音がした。

「おーっ、開いた！」

機動隊員がわっと歓声を上げたので、浜谷と鷹田が金庫前に駆け寄る。

金庫の中を一目見た瞬間、共に顔を見合わせて唸《うな》り声をあげるしかなかった。

「これは……」

「なんと……」

そこにはのけぞるほどの大量の札束が、ぎっしり押し込められていた。

「何億あるんだろう」

鷹田がぽつりと呟くと、

「苦労して開けたかいがあったな。空振りも回避できた」

浜谷がほっとしたように言った。

一連の開扉措置を見届けた立会人の信者が、不安げに目を泳がせている。

「大蔵大臣のケイムー徳師を呼んでもらえないか」

辺りを見回しておろおろしている立会人の信者に鷹田が声を掛けた。

「金庫が開いた瞬間を見ていただろう。ケイムー徳師にも見ていただかないといけないだろう」

鷹田は背の高い若い男の前に立った。

「困ります」

身震いするように信者の男は激しく首を振った。

「金庫の中身を確認してもらうだけなんだけど」

「困ります」

「理由を教えてもらえないか」

「尊師のおそばにいらっしゃる方と目を合わせてはいけないんです」

「どういうことだ」

「ステージが違い過ぎるからです。ケイムー徳師は特別な方なのです」

壊れた機械のように信者は首を振り続けて拒否する。

「ではケイムー徳師は体調を崩して休んでいるから、その介護人に代わりに立ち会ってもらおうと思う。会計責任者代理という立場でね」

「それも困るんです」

「代理が承知しても駄目か」

「承知なさることはないと思います」

「カルマ真仙教には基本的な平等を妨げるような、そんな戒律があるのか」

「戒律ではなくて、申し合わせのようなものです」

とにかく怯える信者をなだめようとしていると、女性捜査員が加瀬敬子を連れて部屋に入ってきてしまった。

信者は慌てて顔をそむけたが、敬子の方は男が目に入らないような素振りで一瞥もくれず、扉が開けられた金庫の前に立った。

驚愕の表情を浮かべたまま敬子は言葉もなく佇んだ。

「彼女のことを何と呼べばいいのかな」

その様子を見ながら鷹田は女性捜査員に耳打ちする。

「サーラー長だそうです」

「サーラー長。この信者はずっとここに立ち、金庫が開くところを見ていました。そのあと誰もこの中を触っていないと、彼が立証してくれます。もちろん、併せてビデオ撮影もしていますから。そこで、今度はサーラー長に立会を交代してもらいたいんです」

先ほどから金庫の前に立ち尽くしている敬子は、驚きとショックのせいか一言も発しない。

「この信者と言葉を交わす必要はありません。ただし、共同立会人として見たままの状況を確認してもらいたいのです。同意してもらえますか」

やっと敬子が鷹田の方に向いて小さく頷いた。

「サーラー長が了解したからな」

男性信者もわかりました、と小声で言った。

「管理官、金庫周りを一度片づけてから中身を確認しましょう」

大切な証拠品に傷を付けたりゴミ屑と一緒に紛失するわけにはいかないため、まずは部屋を掃除することから始めた。

一通り片付けが済むと、隣部屋から台が運び込まれた。

「では金庫の中身を一緒に確認して下さい」

白手袋をした捜査員が金庫の中から現金を出していく。

「一千万ずつ重ねますか」

「そうだな、五億はありそうだから、五千万ずつ一山にするんだ」

浜谷が金庫の前で腕組みをしながら指示を出した。様々な銀行の帯封がついた一万円札の束が台の上に積み上がっていく。

「現金の奥に預金通帳の束があるようです」

捜査員が言った。

「こいつらどれだけ金を溜め込んでいるんだ。よし、まず現金から先に数えるぞ」

台の上には五千万円ずつまとめた山が十できた。金庫の中にはまだ相当額が残っている。

「外に出した分でだいたい半分といったところですね」

「これだけの現金を見たのは初めてだ」

果たして現金はちょうど十億円あった。

「念のため帯封を取って数えますか」

鷹田が浜谷に尋ねると、

「なかなか時間もないがやるしかない」

そう言って顔をあげ、捜査員たちに呼びかけた。

「百万円ずつ付箋を付けて計算してくれ」

信者の立会人を増やしてから、捜査員たちは白手袋をはめて作業にとりかかった。

鷹田が金庫を覗くと、奥に詰め込まれた通帳の他に、底が目映《まばゆ》く輝いているのが見えた。

「これは金《きん》ののべ棒ってやつだな」

金庫の底には七本の金塊が鎮座していた。

「はい、一本十キロのインゴットですね」

金庫の前で膝をついた捜査員が言う。

「取り出して一本ずつ写真撮影しよう。それぞれ表示部分を撮影したらすぐに本部に伝送だ」

昨年末、警視庁では電話回線でデジタル画像を送ることができる機械を導入したばかりだった。

「これらの評価額はどのぐらいになるのですか」

「一億前後だと思うよ」

金塊の表示を分析すれば、おおよその出所も分かるだろう。

「お次は通帳の束だ」

手袋をはめた捜査員が通帳を台の上に並べていく。通帳を五十冊ずつまとめていくとちょうど四束になった。

「そこのコピー機で二百冊の通帳をコピーして。それから謄本化するように」

浜谷が指示を出した。謄本化とは原本の内容全部を写した文書のことで、謄本化した者の印と日付を文書に記載しなければならない。

「中身も全部コピーするのですか」

捜査員がたじろぐと鷹田は頷いた。

「もちろん。そのあと通帳はすべて押収する。コピーは金融機関と口座番号、届出印が分かる紙を上にして、中身を束にするんだ。もっともコピー用紙が足りればだけどな」

押収する証拠品は大量にありそうだ。押収目録は膨大になるだろう。

「鷹キャップ、コピー用紙のストックがたくさんあります」

部屋の片隅の棚を捜索していた捜査員が声をあげた。

それから鷹田は持ってきた自前のパソコンを押収品担当の巡査部長に手渡した。

「これがエクセルという表計算ソフトだ。使い方はこの間、教えた通りだから」

鷹田はエクセルに手を加え、同種の押収物が自動的にカテゴライズされるようにプログラムしていた。

「分かりました。手書きのリストを作るより圧倒的に速いし整理も簡単ですね」

「カルマ真仙教だってパソコンでデータ管理をしている。警察よりもデジタル対応は早いよ。ここには記憶媒体は残されていないが、ハードディスクを解析する必要もあるだろう」

「私も今度パソコンを買おうかと思います」

「ボーナスの使い道としては、なかなかいいんじゃないか。秋に買うといいよ」

この秋にはマイクロソフトからウィンドウズ95というOSが発売されると言われており、これをきっかけに個人のパソコン利用が爆発的に広がるだろうと予想されていた。パソコンが好きな鷹田は密かに発売を楽しみにしていた。

「そうなんですか。パソコンがもう少し軽くなると持ち運びやすいですね」

「牛乳一パックぐらいの重さになればいいな。僕は重いのを我慢して、いつもこの大きな重箱みたいなやつをカバンに入れているけど」

「どこでも仕事ができますね」

「これからそういう時代が来るんじゃないか」

そこへ河野巡査部長がやって来た。今まで預金通帳のコピーをひたすら続けていたようだ。

「これだけの預金通帳が出てくるとは思いませんでしたが、ここにコピー機があったのは幸運でした」

「コピーが終わったら、今度は全ページ写真撮影しておいてよ」

河野は驚いたようだった。

「えっ？」

「接写はしなくていいけど、金額と日付がわかるようにピントを合わせておいてね」

「分かりました……」

「管理官、金庫から大量の鍵が出てきました」

白手袋に鍵の束を持った捜査員が浜谷に報告に来た。

「これはおそらく貸金庫の鍵だろう。またいやに多いな。百や二百はありそうだ」

それから鍵の束をしげしげと眺めて言った。

「鍵番号をすべて控えて」

「あとは事務的に淡々と作業を進めるしかありませんね」

浜谷の横で鷹田は言った。

証拠品の押収や管理は公安部捜査員の仕事であり、機動隊員の仕事はこの段階で終わっているはずだったが、浜谷は機動隊の班長を呼び止めた。

「ここに来ている隊員の中でパソコンに詳しい人間はいないか」

すると班長は自分を指した。

「私は高専出身で一応覚えがありますが」

「それは頼もしい。あの中を見ることはできるか」

浜谷は教団のパソコンを見て言った。

「できると思います」

早速班長がパソコンの電源を入れるとパスワード画面が出てきた。

「DOS画面を開いてみたら」

つい鷹田は口を挟んでしまう。

「鷹キャップは金庫もパソコンも強いのですね」

そう軽口を叩きながら、班長が現れた小窓のような黒い画面に何やら打ち込み始めた。

「すごいスピードで打つな。何を書いているんだ」

浜谷はパソコンに触ったこともないようで、感心しきりである。

「コンピューター言語といえばよいでしょうか」

班長は手を動かし続けたが、しばらくすると首を傾げた。

「厳重にプロテクトをかけていますね。カルマ真仙教にはパソコンオタクがいるようです」

「いかにもいそうだな」

浜谷はお手上げといった表情だったが鷹田は尋ねた。

「何文字くらいのパスワードがかかっているんだ」

「二種類のプロテクトがかかっていて、パスワードの一つはわかりました。ただ、もう一つがすぐには解けません。二つ目のパスワードは八文字のようです」

金庫の隣に置かれたパソコンだから、金に関する興味深いデータが入っているかもしれなかった。

「班長ならできるよ。この中を是非見てみたい」

「分かりました。もうちょっと頑張ってみます」

頷くと再び班長は手元を素早く動かし始めた。カタカタと軽快にキーボードを叩く音が響く。

「少し任せましょう」

鷹田が浜谷に目配せをした。

しばらくパソコンと格闘していた班長だったが、ある時こちらを振り返っておもむろにパソコンの電源を落とした。

「再起動させますね」

改めて画面が立ち上がる。セーフティーモードのようだった。

「まずはこの四文字を入れて」

班長がキーを叩くと、今度は通常のスタート画面が現れて再びパスワードを要求してきた。

「キャップ、次も分かりましたよ。ふざけたパスワードです」

「おおっ、本当か」

鷹田と浜谷は画面を覗き込んだ。

「いきますよ」

ゆっくりと班長は人差し指でS、O、N、S、I、N、O、1と入力していった。

「何の暗号だ」

浜谷が眉根を寄せて画面に顔を寄せる。

「ローマ字読みしてみてください」

「そ・ん・し・の……いや、ナンバーワンか……」

班長が口角をあげてエンターキーを押すと、画面が切り替わり大写しになった阿佐川の顔が現れた。デスクトップにはひとつのアイコンもない。

「阿佐川の顔にアイコンを被せない心遣いが憎いな」

鷹田が呻くように言った。

「ハードディスクの中を覗いてみましょう。基本的なマイクロソフトのオフィスから、ビジオやアクセスまで入れているようです」

アクセスはデータベースソフトで、人事データを管理するのに便利だった。班長がアクセスを開くと、四十人ほどの人物データが入っている。

「やっぱり第一サティアンは宝の山だったじゃないか！」

「当たりでしたね」

「おそらくこれは幹部データだな。どこかに未使用の記憶媒体があればいいんだが」

鷹田はデスクの周りを見回したがケーブルすらなかった。

「まあ、このパソコンも持ち帰ってたっぷり分析すればいいさ」

浜谷の方を向き班長は頷き、続いてエクセルの使用履歴をチェックし始めた。

「こちらのデータは全て削除されていますね。先ほどのアクセスはデータの消し忘れかもしれません」

「エクセルは復元できないのか」

「一旦バックアップを取らなければなりませんから、今は難しいです」

さらにハードディスクの中には班長でも聞いたことがないマニアックなソフトが入

っているらしかった。

「最後にこのパソコンを使ったのはいつだろう。使用履歴は見られるか」

浜谷が尋ねると班長は素早くパソコンを操作した。

「三月十八日、四日前です。その時にデータを抹消したのだと思います」

地下鉄でサリンが撒かれた日の二日前には、この施設に強制捜査が入ると踏んでいたことになる。金庫の中の現金十億円や通帳、金塊は諦めたが、データだけはできる限り持ち去ったということだ。

「うちでもパソコンに強い捜査員を増やさないといけないな」

使い方が全く分からないと嘆きながら、浜谷は言った。

「カルマ真仙教のような優秀な頭脳を集めた犯罪集団は、今後必ずパソコンを使うでしょうから、警察もいつまでもアナログでいられませんね」

鷹田はぼやいた。ハイテク犯罪への対策が警察は圧倒的に遅れていたからだ。

「ハムでもパソコン研修を真面目に検討しよう。一回目の研修には俺が出る」

班長は浜谷に微笑んでから、そっと席をはずした。

「では中を開けてみましょうか」

プラスとマイナスのドライバーを手にして戻ってきた班長が、パソコンの背中側を指さして言った。

「壊れないのか……いや、任せた」

浜谷が鷹田の方を見た。

「班長、頼む」

どこか嬉々とした様子で班長はパソコンに裏のネジを外し始め、しばらく作業に没頭しているようだった。

「キャップ、このパソコンは自作ですよ。アキバの路地裏辺りで売られている部品をパーツ単位で買って作ったものです。メーカー品ではありません」

「なかなかのオタクぶりだな。ハードディスクの容量はどれくらいある」

「五ギガ程度ですが、バックアップ用のハードディスクが別に取り付けてあります。抜き取れますよ」

「待て」

班長が驚いた様子で鷹田を見た。あえてここにハードディスクを残しているのは何かのトラップではないかと鷹田は思ったのだ。そう説明すると班長も納得したようだった。

「なるほど、たしかにそうですね」

「さすがに化学物質が吹き出すなんて仕掛けはできないだろうが……」

鷹田が言うと、班長は真顔で頷いた。

「たしかにハリウッド映画ではありませんが、触れると自動的にデータが抹消されたり、大量の電圧がかかるようなプログラムが組み込まれている可能性はありますね」

「それは主電源を切って、コンセントを外しても作動するのか」

「予備バッテリーの状況を確認しなければ何とも言えません」

「慎重に確認してみてくれ。第一サティアンでは唯一のデータ証拠になるかもしれないんだ」

あらゆる文書は持ち出された後であり、ハードディスクのデータも表面上は消されていたのだ。

班長が後ずさりしてパソコンから離れて腕組みをした。

「予備バッテリーからのラインをカットすれば電圧はかからないかもしれません」

「そうか。主電源を落としてからやってみてくれ」

班長は慎重に予備バッテリーから出ているコードを外した。

「これで大丈夫でしょう」

ほっとした表情で班長が呟き、ハードディスクをパソコン本体から取り外すことに成功した。

「お見事」

浜谷は感心したように何度も頷いている。

「鷹ちゃんも慣れたものだね」

「極左のアジトも同じようなものだからです。ただ、彼らはパソコンを使えるだけで、カルマほどの知識はないと思います」

極左集団は未だに機密文書には水溶紙を使っていた。

「彼らも歳をとったということだな。時代が変わったんだ」

「極左の中でも金を持っている集団は、一応マシンは揃えていますけどね。ただ注意が必要なのは、本来的にコンピューターは革命思想と相性がいいということです。パソコンを使えば、匿名の個人が部屋にこもりながら政府や警察のシステムをハッキングすることができますし」

「常に防犯の観点で動かなければならない公安からすると、厄介な世の中になってきたな」

話をしているうちに捜査員たちは粛々と押収手続きを進めていった。

鷹田は捜査員の一人に声をかけて、立会人の加瀬敬子を呼んで来させた。

「サーラー長、この金庫に入っていたものすべてとパソコンのハードディスクを押収します」

敬子は顔を赤らめて抗議するような素振りを見せた。

「どうしてお金や通帳まで必要なのですか」

「今回の捜索差押は捜索差押許可状に記載された被疑事実をもとに行われています。この事件に関連すると思われるものすべてが押収対象ですから」

鷹田は淡々と述べたが敬子は収まらないようだった。

「被疑事実って何ですか」

「カルマ真仙教の信者が拉致の容疑で逮捕されたということです」

世田谷公証役場事務長の拉致容疑について鷹田は説明した。拉致に使用されたレンタカーの契約書類とレンタカーの車内外から、カルマ真仙教信者の指紋が採取されていた。レンタカーからは被害にあった事務長の指紋と血痕も確認されたのだった。

「そんなこと知りません。それに金庫のお金とどう関係しているのですか」

「被害者は、自分自身に何かあった場合にはカルマ真仙教によるものであるとの書置きを残していたんですよ」

さらに鷹田は、被害者の妹で教団の信者が、これまでもかなりの額を布施したこと、教団は妹に対し公証役場の持ち物である土地まで差し出すように迫っていたことを伝えた。

「そんな一方的な話は信用できません！」

鷹田を睨む敬子は興奮しきって叫び出した。

「残念ながら、あなたの信用を得られるかどうかなど関係ないのですよ。裁判所がこの捜索差押許可状を発布したわけですから」

冷たく言ったが敬子は必死に食い下がって来る。この若い女性信者は、今必死に阿佐川や教団を守ろうとしているのだった。

「この金庫にあったのは現金と金《きん》を合わせて十億円以上の資産でしたが、その妹さんのお布施額は数千万円でしょう？　お布施としていただいたお金がこの中にあるとどうやって証明するのですか。そもそも信者にお布施の強要なんてしません。警察は乱暴すぎます」

「そんなに慌てないでください」

鷹田は怒りをむき出しにする敬子をなだめた。

「このお金や金塊を押収するといっても没収するわけではありません。用が済めばお返しします」

「どうすれば返してもらえるのですか」

すがるような目つきで敬子は言う。

「押収手続きが終わった段階で押収品目録という書類を交付します。預かり証のようなものです。これを裁判所に持って行くと、裁判官が返却すべきと判断したものについては、警察に返すよう指示が来ますから」

「本当に？　お金も戻ってくるんですか」

「裁判官に相談してみて下さい。正当な理由があれば返ってくると思いますよ」

事務長の無事が確認できることが大前提だけどな、鷹田は心の中でそうつぶやいた。

「刑事さんは私たちのことを敵だと思っているのでしょう」

憎しみをたたえた目で敬子は鷹田を見上げる。

「あなた方の信者の中に、犯罪の容疑がかかっている者がいると言っているんです」

ここで無闇に怒らせても何を仕出かすかわからないが、もう少し事実を説明してやってもよさそうだった。

「あなた方の仲間が、お布施欲しさにお年寄りを強引に拉致したんですよ。目撃者もたくさんいますし、教団の長野剛《ながのつよし》容疑者ら三人がかかわっていることも明らかになっています」

容疑者の名前を聞いた敬子はハッとした後、俯いて黙ってしまった。

「少し話題を変えましょう。では、この建物の主はいつからいないのですか」

「……尊師は二日前にお出かけになりました」

ぼそりと敬子は呟いた。

「すると上十条村にいるのですね。こちらを空けることは多いのですか」

「最近は上十条にいらっしゃることが多いです」

金庫にあれだけの金を残したまま出かけるのだから、ここに住まわせている女性信者のことは疑っていないのだろう。

「では第一サティアンの実質的な責任者はケイムー徳師ということですね」

「はい。姉は尊師から大変信頼が篤いですから」

顔を上げて敬子は誇らしげに言った。

「でもお姉さんは今お体が悪い。教団の役職者として振る舞うのは難しいのではないですか」

「お休みになっていても指示なら出せますから」

「でもここには今、金庫の鍵もなければ、パソコンの重要データもなくなっている。

臥せったままのケイムー徳師だけ残されているなんて、なんだか可哀想ですね」

やや突っ込んだことを言って敬子の様子を見る。

「尊師のお考えは深いんです」

敬子は微笑んで首を振った。

「信者が勝手なことをしてしまい、さぞ嘆かれていることでしょう。または、その事実確認のために上十条村にお出かけになったのかもしれませんね」

余裕をもって答える敬子は意外と内情に通じているのかもしれなかった。

「普段このパソコンを使っているのは誰ですか」

「サルヴァニー法皇官房長です」

三女の将来の結婚相手と見られていた長谷充のことだ。

「彼がここで事務仕事を？」

「いえ、法皇官房長は普段、隣の富士里総本部にいらっしゃるのですが、重要な打ち合わせがある時はここへ来て、パソコンをお使いになります」

「教団の方でパソコンを使う人は多いのですか」

鷹田が尋ねると敬子は鼻で笑うような素振りをみせた。

「使えるだけでなく、うちはパソコン自体を作っていますからね。一部ルートで販売もされているのをご存知ないのですか？　性能がよく、修理もやるぐらいサービスもいいんですよ」

「それはすごいな」

敬子を持ち上げてもっと話を引き出したかった。

「ええ、マクールポーシャというブランド名で全国販売しています。刑事さん、うちの本を読んでいらっしゃらないのですか。広告を載せているはずですよ」

これまで鷹田はカルマ真仙教の出版物をいくつも読んでいたが、自作パソコンの広告まで気付かなかったのは迂闊《うかつ》だった。

「細かなパーツはどうされているんです。すべてカルマ純正ですか？」

敬子はふふっと笑った。

「いいえ、個々の部品については色々なメーカーの製品を比較し研究を重ねて、良いものを安価で仕入れているようです。安くて品質がよく、生産が追いつかないほど注文が来ていると聞きます」

敬子が饒舌《じょうぜつ》になっているのが分かった。外部と遮断されたこの施設で過ごしていると、軽口を叩く相手すらいないのかもしれなかった。しかし敬子は警察官と話すことを禁じられていないのだろうか。内情について楽しそうに語る敬子の顔を見ながら鷹田は不思議に思った。

「ところで、サティアンの前にマスコミが集まり始めたのはいつ頃ですか」

「おとといの夕方くらいです」

三月二十日、地下鉄でサリンが撒かれた日である。

「その日都内で何があったかご存知ですか」

「いえ、何か特別なことでも？」

思案顔の敬子は続けた。

「ここにはテレビもラジオもありません。幹部は数日前から出払ってしまい、何も話が入ってきません」

なるほど、ほとんどの信者は依然として何も知らないのだ。教団がどれほどの凶悪犯罪に手を染めたかについて。

「誰かマスコミと話をした人はいますか」

「いないと思います」

嫌悪感を露にして敬子は首を振った。

「なぜ、あれだけのマスコミが押し寄せてきたか気にならないのですか」

「あの人たちと口を利きたくありませんから」

いつかの岡元がそうだったように、マスコミがカルマ真仙教の犯罪をでっち上げているとでも思っているのだろう。

「今年のお正月も、多くのマスコミが来ていました。元日の新聞を見たか、と質問された信者がいましたが、知らないと答えました。本当に新聞は見ていませんし、普通の信者はインターネットもやりませんから」

カルマ真仙教への批判的な記事などが信者たちの目に入らないよう、教団は情報統制をしているのだろうと思った。

「あなた方は世の中のことを何も知らないのですか」

いいえ、と敬子は言う。

「関西で大地震が起きたのは知っています」

「それは誰かに聞いたとか？」

「はい、関西にある支部や道場の者たちからです。個人的にも支援をしたいと思っています」

真剣な目つきで敬子が言ったが、その顔に困惑の表情が浮かんでいる。

「ただ、アメリカ軍が私たちに対して毒ガス攻撃をしてくるので、外出はできるだけ控えたいんです。教団内に被害者も出ているので、これは本当です。写真もありますから。ケイムー徳師の容態が一日でも早く快復するよう祈りを捧げることが、今の私にとって一番重要なワークかもしれません」

姉のやつれ果てた姿を思い浮かべたのか、敬子は悲しそうに顔を歪ませた。

「鷹キャップ、よろしいですか」

第一サティアン内での捜索差押を進めていた河野巡査部長だった。

「金庫以外に目ぼしいものはないようです」

「あとはパソコンのみ、か。マスコミの姿を見たときは完全に空振りになるかもしれないと覚悟したが、これだけの収穫があってよかった。ガサを打った甲斐《かい》があったな」

鷹田が本音に近いことを言うと、

「これから通帳やパソコンを調べていけば、重要な犯罪の証拠が見つかるかもしれませんし」

河野も満足そうだった。

「パソコンについては、相手はわれわれより知識が上だろう。下手《へた》なものを残しているとは考えにくいが」

ふと鷹田は他のサティアンに入った者たちはどうしているだろうか、と気になった。まだどこからも報告らしいものは届いていなかったからだ。いずれにしても捜一が担当したサティアンは、公安への報告などないだろうが。

「ところで通帳の写真撮影は終わったのか」

「はい、あと少しです。二百ほどあった鍵の特定がなかなか進みません」

「貸金庫の鍵は銀行別に分類していってはどうかな」

「ただ、ここには照合の方法がありません。パソコンなどで管理しているのでしょうが」

さらに最重要な鍵は持ち出されている可能性もあった。

「ここ数日の間に持ち出されたものが知りたいな」

「外のマスコミに様子を聞いてみましょうか」

河野は意外なことを言ったが、鷹田は膝を打った。

「なるほど。一昨日の夕方からここで張っているわけだから、幹部の動きも見ているかもしれない」

「写真やムービーとかで撮っていてくれれば有り難いですね」

知らぬ間に浜谷が鷹田の背後に来て頷いた。

「確かにマスコミを逆に利用してみるのも手だな」

そう浜谷に言われると、東京通信の柿岡の顔が浮かんだ。

「何かルートはないか」

「協力者に聞けば何かツテを辿ることができるかもしれませんが」

「そうそう、マスコミは新聞、テレビ、週刊誌と横の繋がりもあるからな」

サティアンそばの公民館で電話を借りてこいと浜谷は言った。

「ガサの最中にそんなことをやって大丈夫ですか」

「今日は特別だ。他のサティアンの状況など、案外彼らの方が詳しいことがあるかもしれないしな」

鷹田は白マスクをつけて階下に降りると、第一サティアン正面から表に出た。一斉にカメラのストロボが光る。

眩《まぶ》しさで目を細めながら、鷹田は張られた規制線の脇から敷地を離れた。


「すみません、お騒がせしております」

公民館の職員が手洗いの場所を教えてくれたが、鷹田は首を振った。

「いえ、公用で電話を借りたいのですが」

「そうでしたか、どうぞどうぞ」

職員は自分のデスクの電話を指した。

「申し訳ありませんが、捜査上の秘密を話さなければなりません。少し離れた部屋をお借りできないでしょうか」

「電話は事務長室にもあるのですが、外線電話は交換を通すことになります。それでもよろしいですか」

「結構です。ではこちらの番号に電話をお願いします。くれぐれも通話中の事務長室への入室はご遠慮いただきますよう」

鷹田はメモ書きした電話番号を示してから事務長室に入った。

しばらくして電話が鳴り、交換手が緊張した声で言った。

「刑事さん。首相官邸につながりました」

「ありがとうございます。電話を外線に切り替えて下さい」

官邸の総合案内から記者クラブの柿岡のデスクにつなげてもらった。

「柿岡です」

馴染みの声が少し聞き取りづらい。鷹田は咳払いを一つしてから名乗った。

「第一サティアン近辺から中継電話をもらえるなんて光栄だな」

柿岡は面白そうに笑ったが、鷹田は首を傾《かし》げた。

「どうして僕の居場所を知っているんだ」

「朝からテレビで応援していたぜ。籠の中のカナリアと一緒に、勇ましく第一サティアンに入っていくお前の姿を誇らしく思ったよ」

うなだれた鷹田は額を掻いた。

「なんだ映っていたのか。公安失格だな」

ガサ入れに入る公安部捜査員の姿が全国に放送される劇場型捜査など鷹田はまっぴらだった。

「ニュースでは『警視庁刑事部捜査第一課捜査員が入って行きます』と言っていたから、違いますよとテレビ局に訂正を入れさせようか」

柿岡はからかうように言ってまた笑った。

「ところで確認してもらいたいことがあるんだ。今回のガサ入れがどこから、いつマスコミに漏れたか分かるか」

了解、と柿岡は二つ返事で答えた。

「すぐに周りに聞いて回ってみよう。さすがにマスコミの張り込みの数に驚いて、尊師も幹部も逃げ出した後だろう？」

「めぼしいものもあるにはあったが、阿佐川はこんなところにはいないよ」

それから柿岡は少し待ってくれと言い、電話を保留にした。

「なあ、分かったぞ」

柿岡は早口で話し始めた。

「地下鉄がやられた日の二日前、三月十八日にはカルマ真仙教施設に対する強制捜査について、マスコミに伝わっていたらしい。現場によれば、富士里や上十条に行く準備をしているところに、突然都内で無差別テロが起きて戦慄したという話だ」

「やはりあの二日前か……」

第一サティアンのパソコンからデータが削除された日と一致する。現場に来た公安捜査官のほとんどが、どこに行くのかさえ知らされていなかったのに、河口湖の高速出口でマスコミのストロボ連射を受けたのだ。

「あげくの果てにテレビ出演も果たせてよかった」

早朝のことを思い出した鷹田は苦々しく言った。

「今回のやり方は刑事部の捜査方針なのか」

「ああ、馬鹿げている。今回の令状については知っているだろう」

「世田谷公証役場の事務長拉致事件だろう」

事務長の安否については未だ分からないと鷹田は言った。

「彼は今どこにいるんだ」

「少なくとも第一サティアンにはいなかった。上十条のどこかに連れて行かれたのだろう」

「拉致に関与した犯人の身柄は捕《と》ったのか」

長野剛ら三名の行方ははっきりとしなかった。

「そうか。サリンプラントからは何か押さえられたのか」

「あそこは捜一がガサを打った」

「サリンを作った化学施設からは重要な証拠が出て来るんじゃないか」

第七サティアンのガサの状況が鷹田も気になっていた。

「あと柿岡、一昨日の夕方から、第一サティアンではカルマ信者の出入りがあったか分かるか」

「それについては情報を得ている。一昨日の夜中に、白いワゴン車三台が第一サティアンから出ていったらしい」

「写真は？」

「ばっちり押さえてある。後で送ってやるよ」

写真は拡大すれば乗っていた信者の顔や車種の特定もできるだろう。柿岡に礼を言って事務長室を出た。

戻って先ほどの職員の顔を捜すと部屋から慌てて出てきた。

「ご苦労さまです。大変な事件になっているようで。テレビでもたくさん映像が流れていますよ」

職員はいろいろと質問をしたいような素振りを見せたが、鷹田はここで状況を打ち明けるわけにはいかなかった。

「申し訳ないですが、今ここでは何もお話しできないんです」

理解を示すように何度も職員は頷きながら、まだ鷹田の顔色を窺っている。

「では刑事さん、これだけ……。ここには毒薬はないんですか。サリンはないんですか」

たしかにここの職員たちは、危険な犯罪集団が施設を構える目の前で仕事をしているのだ。家族も近くに暮らしているだろうから、気が気ではないと思う。

「ここには毒薬はないようですよ」

職員を安心させようと鷹田は表情を和らげて見せた。

「私たちも、もう防毒マスクをしていませんから」

ようやく職員の顔が綻んだ。

現場に戻った鷹田が浜谷に報告するなり、浜谷はため息を吐いた。

「マスコミは四日前からここに張り込む準備をしていたのか」

「知らぬは公安のみでは、笑い話にもなりません」

なんとも情けない気持ちになり鷹田もぼやく。

「ただ、刑事部だけではサリンの捜査はできない。今日以降は、公安の力で事件捜査を前進させなければいけないな」

浜谷の言葉がどこか空虚に聞こえた。何かが空回りしていた。

「まあいい。目の前の捜査だが、先ほど加瀬涼子に対して、押収物の特定と押収品目録の交付も終わった」

そろそろ第一サティアンの捜索に目処《めど》がたちそうだった。

「富士里総本部と第四サティアンの指揮官に連絡を入れましょうか」

「それぞれどんな収穫があったかな」

浜谷は伝令に他の部隊の進捗状況を確認するよう指示を出した。

その後の伝令の報告によれば、富士里エリアでは第一サティアンで得た証拠品以外には、目を見張るような押収物はなかったようだった。

午後三時四十五分、第一機動隊長から部隊撤収の命令が出た。

鷹田が加瀬姉妹の妹、敬子に軽く会釈して立ち去ろうとすると、

「もうこのような捜査は行われませんよね」

眉を寄せながら敬子が尋ねて来た。

「他にあなた方が何も事件を起こしていなければ、心配ないでしょう。ただし、もし今後別事件が発覚した時には覚悟してください。その時は抵抗せず、素直に従うのがあなた方のためにもなるとご忠告しておきます。警察だって入り口や金庫を破壊するようなことは、できるだけしたくないのですから」

必ずやその時が来るとの確信を込めて鷹田が言うと、敬子は素直にこくりと頷いた。

「刑事さんのご意見はケイムー徳師に伝えておきます。あと、もちろん入り口を直してもらうこともできませんよね……今日からここでどうやって暮らしていけば……」

敬子は不安気に交互にさせた両腕をさすった。

「今回の捜査に関するあらゆることは、合法的に行われたものです。ご希望に添うことはできません。どうぞ教団の宮下弁護士にでもご相談下さい」

まだ若い敬子のこれからの人生を考えると、不憫《ふびん》に思えないこともなかった。右も左も分からないまま姉に連れられてこのカルト教団に入信し、自由を失った目の前の女性を鷹田はじっと見つめた。今、唯一の心の拠《よ》り所《どころ》であるはずの姉は病み、住まいは半壊状態にある。

「お姉さんが元気になるよう、しっかり看病してあげてください。敬子さんも身体に気をつけて」

余計なこととは思ったが、鷹田はそう敬子に声をかけてから辞去した。

強制捜査を終え、段ボールを抱えた警察部隊が施設を出ると、マスコミのストロボが一斉に焚かれた。

「キャップ、腹減りましたね」

河野にそう言われてみれば、皆昨夜から何も食べていなかった。

「不思議と僕はあまり食欲がないな」

駐車場から警備符号による撤収報告がなされた。警視庁警備部系の隊長間無線である。

第一機動隊長が乗る指揮官車を先頭に、車列が順次動き始めた。座席に腰を落ち着かせると、この日初めて疲れを感じ鷹田は深く息を吐き出した。

「マスコミが追尾してきますよ」

隣の捜査員が親指で後方を指しながら言った。

走り出した警察車両の後に、何台かマスコミらしき車が付いて来ているようだ。

「ほっとけばやめるさ。これから僕らを追っかけても何も出てこない」

しばらく行くと途中の駐車エリアで車列が停止した。

「弁追が来たようです」

「やっと飯だ」

機動隊が食事を運んで来たらしい。食事を作るのも機動隊員の仕事だ。隊飯と呼ばれる弁当はすっかり冷たくなっていたが、この日は珍しく温かい豚汁が付けられていた。

運転席の後ろの席で弁当を食べていると、弁当と栄養ドリンクを手にした浜谷が鷹田のそばにやってきた。

「上十条の様子だが、第七サティアンと第十サティアンは泊まり込みになるようだ」

「第十サティアンもですか」

第七サティアンは化学プラントがあるためだろうが、以前鷹田が岡元の案内で建物内に入った第十サティアンは、それほど位の高くないサマナの居住区だったはずだ。捜索に手こずるようなことがあるだろうか。

「どうも第十サティアンに隣接する建物が怪しいらしい」

「ああ、ありましたね」

咄嗟《とっさ》に鷹田は思い出した。

「サティアンの裏側の小屋のような建物のことですね。信者に温熱療法を施す医院のような場所だと岡元は言っていましたが」

そう言いながら、あの時嗅いだ強烈な異臭や人のうめき声が蘇り鷹田は顔をしかめた。

「ああ。ジーダー棟という建物で化学薬品が多数あったそうなんだ」

第十サティアンの地下の食料庫を見てから、ジーダー棟の目の前まで行ったが鷹田と岡元は中には入らなかった。岡元も入室が許可されていないと言っていたが、化学班が危険物でも作っていたからだろうか。

鷹田は小さく舌打ちした。

「第十サティアンには公安が入っているのですか」

「公総調六の塚本《つかもと》管理官のところだ」

塚本洋司《ようじ》は公安総務課の調査第六担当管理官で、追尾や作業の専門部隊を束ねる優秀な若手管理官だった。

「塚本さんなら、徹底的に調べてくれるでしょうね」

頷いて鷹田は続けた。

「公安のプロフェッショナルですからきっと何か見つけてくれますよ」

「ジーダー棟の存在は知らなかったな」

「サリンは第七サティアンの化学プラントで作られているという話でしたからね」

第七は、捜査一課の特殊班精鋭部隊と現場鑑識が詳細に調べているという。

「捜査一課の特殊班の管理官と係長は、カルマがその仕様をモデルに作ったといわれるドイツの化学薬品工場にまで視察済みだというから」

刑事部捜査一課の捜査力の源泉は、この特殊班だといわれている。現在特殊班を率いる安川《やすかわ》は、一般職の参事から警察官警視に身分替えをした、唯一の人物と言われていた。よほどの才能がなければ、このような大抜擢は行われないだろう。

「安川警視はコンピューターの天才だと聞きます」

「それにしてもお前は社内事情に詳しいなあ」

半分呆れ顔で浜谷は言った。

「情報をやっていると、自然と入ってくるんです。同期の数も警視庁最大ですから何かと繋がりもありまして」

鷹田の同期は五百人近くいる大所帯だった。採用形態が実験的に変更され、大量増員された年に入庁したからだ。しかし警察学校を卒業し、これからという時に、すでに八十人近くが辞めていた。

「教場では僕のクラスは総員四十人でした。それから辞めた人間が七人、殉職したのが二人」

静かにため息をついて、浜谷がこちらをじっと見た。

「二人も殉職を出したか……辛いな」

警察官という仕事は職務中に殺害されることがあるという現実を、鷹田が肌で感じたのはこの二人のクラスメイトの死を知ったときだった。

「交番で拳銃を奪われて、それで殺《や》られました」

「可哀想に」

「もう一人は白バイに乗車中、トラックに当て逃げされたんです」

悔しいことに、この二件とも未検挙のままで犯人は捕まっていなかった。長い間捜査本部が置かれたままになっている、悲しい事件である。

「お前は少し向こう見ずなところがあるから、命を大事にな」

浜谷が冗談めかして言って小さく微笑んだ。確かに鷹田は職務中に身の危険を感じたのは一度や二度ではなく、何度運良く命拾いしたか分からなかった。

「それにしても泊まり込み部隊は大変ですね」

話を戻して鷹田は言った。

「一番気がかりなのは、肝心の公証役場事務長を無事保護したという報告が未だないことだ」

「拉致に関わった長野剛の身柄を捕ったという情報も入っていませんね。上十条も富士里と同様、もぬけの殻に近い状態だったのではないでしょうか」

渋面を作って浜谷は唸った。

「犯人はともかく、やはり被害者の救出が第一なんだがな」

「事務長はカルマ真仙教の病院施設に隔離されているという可能性はありませんか」

事務長が傷一つ負わず施設内で過ごしているとは、残念ながら想像できなかった。

「それならそれで、もう何らかの報告があってもいいはずだ。逃走犯が人質として連れ回しているとは本件においては考えにくいけどな」

人質を殺害してしまったら彼らは金も手にできない。だから事務長は、それでもま

だどこかで息をしているだろうと鷹田が述べると、

「もはやカルマは、人質を使って取引きをしようなどと考えないのではないかな。すでに何人、人を殺している？　人ひとりの命など奴らにとっては取るに足りないものなんだよ」

最悪の事態は想像したくなかったが、鷹田は黙って頷きながら置いてあった弁当の蓋に手を伸ばした。

「なんだ半分も残すのか。随分参っているようだな」

「作ってくれた機動隊には悪いのですが、どうも胃が受け付けません」

最後に食事をしてから十五時間近く経とうとしているのに、箸があまり進まなかった。第一サティアン内の饐《す》えたような臭いが鼻の奥に残っており、またここ数日の緊張状態で身体がすっかり疲れ果て、胃腸も疲弊しているからだろう。

「これぐらい飲んでおけ」

栄養ドリンクを差し出されたので鷹田はありがたくキャップを外した。

後方の席では食事を終えた若い捜査員たちが眠り始めていた。警察はどこでも寝られなければ務まらない。

鷹田の何列か後ろで、河野巡査部長が狭い座席で大きな身体を丸めるように眠りこけているのが見える。ひとまずここにいる捜査員たちが、全員無傷で帰路につけたことに安堵する思いだ。

「お前も疲れただろうが、われわれはこれからの捜査について少し考えよう」

「はい、そのつもりです」

身体は疲れていたが頭は興奮状態にあるのか、鷹田はとても寝付けるような状態ではなかった。

「急ぎ公安が捜査を進めるための、とっかかりになるネタが欲しいですね」

浜谷も同じ考えだったと見えて頷く。

「捜査一課だけでなく、公安部独自の容疑ネタがいるな」

教団内を合法的に捜査するための理由固めが急がれた。

しばらく二人は手を顎にあてて考えを巡らせていたが、先に口を開いたのは鷹田だった。

「宮崎のホテル経営者が拉致された事件がありましたが、その時、被害者の男性は睡眠薬を飲まされています。あれは治療省トップの医者が調合したものかもしれません」

「その可能性はあるな。ジーダー棟にある薬品は原料なのかもしれない」

「それなら公証役場の事務長にも、同様の薬品を投与しているかもしれませんよね。医師の事件関与の側面から本件を展開させてみてはどうでしょう」

浜谷は鷹田を見て頷いた。

「やってみる価値はありそうだ。医者の名はなんと言ったかな」

「森康夫。慶應大学病院では心臓外科の名医だったようです」

医者の両親を持つこのエリート外科医は、有名俳優の心臓バイパス手術を執刀したこともあり、腕の良さは買われていた。

カルマ真仙教附属医院はサティアン内の他に東京中野区にあり、鷹田は以前、中野の医院へ調査に行ったことがあった。

「カルト教団が病院を持っているというのは、考えてみると恐ろしいことだな。医者は人に麻酔をし、ナイフで腹や頭を裂いたり、薬品を投与したりすることが堂々とできるのだから」

浜谷が眉をひそめて呟いた。

「医者なら簡単に手を下せますね」

「森康夫が宮崎や世田谷の拉致事件に直接関わったかは分からないが、薬剤の違法使用に関する容疑で指名手配をかける線はありえると思う」

鷹田も同意した。

「少なくとも森は、教団内の宗教儀式などで使われたと見られる麻酔剤の責任者ではあるはずです」

「とすると薬事法違反か」

「はい、奴らのことですから独自に調合した麻酔剤である可能性もあります」

「製薬会社や医薬品卸売会社にも裏を取らなければならないな」

「薬剤の流通ルートを追っかけてみれば何か出るかもしれませんね」

「薬の現金問屋は信用取引きで、売買の際に身分証や医薬品販売許可証の確認すらしないことが多いから、案外手に入れるのは難しくないかもしれない」

東京の神田、大阪の船場《せんば》などに多くある薬品の現金問屋は、医療機関から在庫処分などで出た大量の薬品を安価で買い取り、それを安く売りさばいていた。

「いわゆるイニシエーションと呼ばれている宗教儀式などで、幻覚作用のある薬が乱用されているなど、物証を手がかりに容疑を固められればいいのですが」

「令状を取れるだけの証拠集めが必要だな」

薬品の流通ルートから森康夫を攻めてみることに鷹田も意欲を見せた。

「二人の妹や娘が鍵になるかもしれません」

「うん？」

「宮崎と世田谷の拉致事件に関与した、それぞれの被害者の妹や娘のことです。二人の妹や娘を事情聴取しましょうか」

浜谷と鷹田は疲れも忘れて攻め口を議論した。鷹田は不審な事案を発見した際、いかに容疑を固めて事件化するかについて頭を巡らせる時間が、もっとも自分が生き生きするように感じた。

「宮崎の事件に関しては、課長や大石校長の意見も聞こう」

「はい。帰ってからすぐチヨダに行きます」

車両は今どの辺を走っているのだろう。

夕方の柔らかい日差しが車内で眠る捜査員たちの顔を照らしていた。

「管理官、証拠品として押収した現金と、金塊の保管はどうしますか」

十億円の現金と一億円相当のインゴットを輸送中であることをふと思い出して、鷹田は尋ねた。

「今日のところは会計課に預かってもらうしかないだろう。金塊はレートが変わるから厄介だな」

警視庁本部に戻ると、すぐさま二人は三人の係長と共に公安部長室に向かった。

「第十サティアンに派遣した調六の塚本管理官から、今しがた連絡があった」

萱野公安部長は厳しい表情で続けた。

「地下室で薬物中毒症状が出ている信者を数名発見し、保護したということだ。今、警察病院に緊急移送中だ」

鷹田は岡元と第十サティアンの地下に降りていったときのことを思い出そうとした。たくさんの棚に食料などが並んだ暗い倉庫のような場所だったが、あの中に人を押し込めていたのならほとんど監禁に近い行為だろう。

「それから、裏手の別棟からサリンの製造過程で生じる化学物質が検出された」

サリンは第七サティアンの化学プラントで製造されているとばかり思っていた鷹田には衝撃の事実だった。

しかし同時に実際に薬物中毒者が発見されたことで、薬事法違反の容疑で教団の医師を追いつめることが容易《たやす》くなったと思った。浜谷の方を見ると同じことを考えたようで、強い視線を送り返して来た。

「やはりサリンに関しては、今後われわれ公安部が積極的に捜査することになりますよね」

浜谷が萱野に確認するように尋ねる。

「テロ事件に関する案件は公安の範疇《はんちゅう》だからな」

三人の係長もそれぞれ頷いた。

「では萱野部長、薬物中毒に関してですが、教団の医師でカルマ真仙教附属医院トップの森康夫を指名手配してはどうかと考えます」

さっそく浜谷から発案した。

「罪名は」

「とっかかりは薬事法違反でよいと思います」

浜谷に促されて鷹田が引き取った。

「今回の薬物中毒信者から早急に聴取したいと思いますが、いかがでしょう」

萱野公安部長は腕組みをして目を瞑《つぶ》って思案していたが、

「そうだな、薬事法違反を突破口にするのはいい考えだ」

目を開けたときには確信したように力強く言って頷いた。

「よし。その線でやってみろ」

「了解しました」

一礼して公安部長室を出るなり浜谷が言った。

「鷹田、これから警病に行くぞ」

薬物中毒の症状を見せた信者が移送された東京警察病院は飯田橋にあった。

「管理官もご一緒に行かれるんですか」

「その方が話が早いだろう。状況次第ですぐに令状請求を行う。先ほどの係長たちにはその準備をしておいてもらおう」

鷹田が車を運転し、警察病院まで緊急走行で向かった。

事情はすでに係長から聞いていたためだろう、病院の山岡《やまおか》医師は到着するなり二人をすぐさま病理室に案内した。

「こちらに運び込まれた信者は何名ですか」

長い廊下を歩きながら鷹田は山岡に尋ねた。

「三名です。皆幻覚や知覚異常を訴えていますから、投与された薬物も同じだろうと思います」

「どんな薬でしょうか」

「ＬＳＤでしょうね」

「ＬＳＤ……」

予期しない薬物名に浜谷と鷹田は顔を見合わせた。

「信者らは体力的に弱っていますよ」

「かなり大量に入れられていたのですか」

「薬を投与してから、今度は逆に無理矢理薬を抜くために、温熱療法が行われた可能性もありますね」

「むちゃくちゃですね」

温熱療法で薬を抜くとはどういうことだろうか。

「信者の一人から話を聞きましたが、五分ごとに五十度のお湯を飲まされながら、四十七度の風呂に十五分間入らなければならないそうです」

「そんな熱い風呂に長時間入れられても大丈夫なのですか」

「下手をすれば死んでもおかしくありません」

第十サティアンで聞いたうめき声が鷹田の耳に残っていた。あの時、岡元を促してジーダー棟の中を見ていれば、という後悔が押し寄せる。

「過酷というレベルではなく、極めて残酷ですね」

「これに耐えることが修行だと言われていたそうです。修行とは名ばかりで、彼らは信者を使って人体実験をしていたのでしょう」

「人体実験……」

鷹田はあの時、岡元の口から「温熱療法」という言葉を聞き、かつて別の宗教団体が行っていた熱に弱い癌細胞を消滅させるための加温治療と同じものを想像してしまっていた。カルマ真仙教の医師たちが行っていたのは、そんな民間療法とは似ても似つかない異常な行為だったのだ。

「先生、温熱療法というのは、実際に効果はあるのですか」

「学問的に立証されているわけではないですね。ホリスティック医学という分野で試みられている治療法の一つということです」

国立がん研究センターや民間の癌研では、その治療法は使われていない。

「でも温熱療法自体は違法ではありませんよね」

「無論です。医師免許を持った者が行う限りにおいて、ですが」

鷹田は頷いて浜谷と共に病理室に入った。

信者は三人とも男性で同部屋に寝かされていたが、皆点滴を受けて多少は生気を取り戻しているように見えた。

一人ずつ病理室近くの小部屋に呼んで、鷹田は聴取を始めた。

「あなたはおいくつですか」

「二十四になります」

三人の中で最も若い信者だった。正面から向き合っているのに、なかなか視線が合わない。

「あなたは第十サティアンで何をしていたのですか」

「十人ぐらいで尊師から直々《じきじき》にイニシエーションを受けてから、意識がぼんやりしていたのでよく分かりません。キリストのイニシエーションを受けたあとです」

鷹田はテープレコーダーが正常に動いているのを確認しながら、次の質問をした。

「キリストのイニシエーションがどういうものか、教えてもらえませんか」

「よくわからないです」

落ち着きなく視線を移しながら信者は言った。供述調書は支離滅裂なものになるだろうと鷹田は身構えた。

「わからない？」

「イニシエーションにはいろいろな種類があるんです。尊師の霊的エネルギーを体内に注入する修行のことをイニシエーションと呼ぶのです」

鷹田は頷いた。

「キリストのイニシエーションを受けたのは初めてなんですね」

信者は何がおかしいのか笑い出した。

「当たり前ですよ。最初は飴のイニシエーションですから」

辛抱強く聞くことに徹するしかないと、鷹田はゆっくりと頷いた。

「それは、舐《な》める飴ですか」

「そうです。尊師の霊力が込められた飴を口に含むんですよ」

阿佐川が一度舐めて吐き出したものを、信者たちは口に入れるというのだ。

「はあ？」

呆れた鷹田は鼻をならしたが、逆に信者は表情を輝かせる。

「尊師の霊力をいただけるなんて、ありがたいことだと思います。ヘッドギアだけではこれほどの霊力は入ってこないですよね？　脳波では繋がりますが、あくまでも電子的なものに過ぎませんから。直接身体と身体が接したものとは比べられないです。ただいきなり自分にパワーが漲《みなぎ》るかといえば、まだ修行が足りないので、それほど簡単ではないのですよ」

頰がこけ髪が乱れ視線の定まらない若者の供述に、果たしてどこまで証拠能力があるだろうか。この男がおかしくなっているとしたら、証拠能力が否定されてしまうかもしれない。鷹田はそれを避けたいと思った。

「飴のイニシエーションの次は?」

「キリストのイニシエーションです。もっと尊師の霊力をいただきたいと思ったのですよ」

信者は目を爛々《らんらん》と光らせた。

「そのイニシエーションを受けた時の状況を教えてもらえますか」

すると男は興奮してきたようで、目を爛々とさせて身体を前に乗り出してきた。

「第十サティアンの道場に十人全員が揃うと、そこに尊師がいらっしゃったんです。『これからキリストのイニシエーションを行う。これは死を超越するためのイニシエーションである』とおっしゃいました。ついにこのイニシエーションを受けて、深い霊力を身につけられるのだと思うと、待ちきれない気持ちでした」

死を超越するということは死んでもおかしくないという言い訳か、と鷹田は心の中で呟く。

「出家した信者は順番にその儀式を受けるのですね」

「いえ、もちろんイニシエーションを受けるには布施がいります。死を乗り越えて、無限の世界に行くわけですから」

「いくらかかるの」

「一回五十万円です」

出家して社会と隔絶して暮らす信者にどうやって金を用意させるのだろう。

「あなたはどこからそのお金を？　借金でもしたのですか」

「一旦俗世に戻って、親に頼んだのです。親はすんなり私にお金をくれました。私が一日も早く解脱できることを願ったからだと思います」

親はどんな気持ちでそんな金を持たせたのだろう。横では浜谷がノートにメモを取りながら啞然としている。

「十人の信者を一堂に集めたところで、尊師は何と言ったのですか」

「『君たちは出家修行者なんだから、これくらいで飛ばされていてはしょうがないぞ』と」

「飛ばされる？　どういう意味でしょう」

「その時はまだ意味がわかりませんでしたが、実際にイニシエーションが始まってから理解できました」

信者はふっと笑ってから続けた。

「私たちは順番に一人ずつ尊師の前に進み出ると、尊師はコップに入った黄色い液体を少し口に入れ、それを出します。それから私たちにコップを与えられ、それを飲み干しました」

「パイナップルの味がしたんじゃないかな」

「そうです」

これはハイビタンだろう。結局、飴のイニシエーションと同じではないか。

「飲み干して何か感じましたか」

「体にエネルギーが流れ込むような、不思議な感覚に包まれたんです。液体を飲み干すと、シールドルームへ両脇を抱えられるようにして連れて行かれました」

「それは自分一人では歩けなくなっていたということですか」

「はい。体が硬直していったんです」

「シールドルームというのは、カプセルホテルのような小さな個室が並んでいるところですね」

鷹田がサティアンの中の様子を知っていることに信者は驚いたようだったが、背後の浜谷も目を丸くしている気配がした。

「そうです。個室の中は狭くて、壁も天井も金属の板で張り巡らされています」

「そこにどのぐらいいたのですか」

「八時間ほどです。中でじっと瞑想するのです」

「外から鍵は掛けられましたか」

「私には鍵は掛けられず、外に出てもよいと言われましたが、それはイニシエーションの種類によって対応は違うのです」

「個室の中でさらに体に変化は感じましたか」

「シールドルームの中で座っていると、もの凄いエネルギーの上昇を感じ、体が揺れ、しばらくすると座っていられなくなったので外に出ました。するとそこにクリナシューバ師がいらっしゃったんです」

「クリナシューバ師とはどなたですか」

「教団の偉いお医者さまですよ」

鷹田は思わず前のめりになった。

「もしかして森康夫先生ですか」

「そうですね、私たちはクリナシューバ師と呼びますが」

「森康夫先生がその場にいたのですね」

もう一度確認すると信者は素直に頷いた。

……よし、いいぞ！　もっと証言してくれ！

浜谷をちらりと見ると、浜谷も顔には出さないが確信を得たようにゆっくり頷いた。

「それから先生とあなたはどんな会話をしたのですか」

「クリナシューバ師から、これがイニシエーションの効果だから、これから体験することをしっかり覚えて帰りなさい、とお声掛けいただきました。やはり尊師にいただく霊力はすごいなと思いました」

感激したような面持ちで信者は言った。

「その後の変化はどうでしたか」

「クリナシューバ師に再び中に入るよう促され、ドアを閉められました。たぶん真っ暗だったと思いますが、師に言われた通り、横になって目を瞑ると、幾何学模様のようなイメージがどんどん目の前に現れてきました。それが絶えず変形していき、とてもきれいでした」

「そのとき何か聞こえましたか」

「体の中から色々な音がしました。高い音で、何とも言葉では表現できません」

「その後、何か意識の上で変わったことはありましたか」

「体内のエネルギーが強まって、果てしない心の旅をしているみたいでした」

うっとりと微笑みながら信者は目を細めた。

「体の中を嵐が吹き荒れ、自分の身体が宇宙と同化した感じです。それはもう神秘的で」

「それから？」

「たくさんの人格が私の中に入ってきては出て行き、しばらくすると、経典で学んだ死後の無常の風が吹くイメージを体感することができました。修行のすごさを感じると共に、尊師を通じて何かを為《な》したいという意識が立ち上がってきました」

阿佐川を通じて何かを為す、という言葉に鷹田は少し引っかかりを覚えたので、信者に尋ねると、

「尊師とどこかで合体し、自分の為す事が自分だけの行為ではない、という気持ちになったのです」

信者は顔を輝かせた。

「八時間があっという間でした」

「キリストのイニシエーションを終えた後、クリナシューバ師と会いましたか」

「はい。再びクリナシューバ師が私のシールドルームに入ってきました。私が体を起こすと、師は私の前に座って穏やかに、私の様子を気遣ってくださいました。私が感

動の余り涙ぐんでいると、師は優しく頷いて、しばらく右側を下にして横になって休みなさい、と言い部屋を出られました。その後はどうもぼんやりして覚えていません」

かなりの確度で森康夫が薬物投与に関わっていることが窺えた。

「クリナシューバ師はどういう雰囲気の方ですか」

「言葉遣いも丁寧で誠実なお医者さまという感じです。大変優秀なお医者さまだそうで、信者のためを思って独自のお薬を作っていらっしゃるそうです」

再び鷹田と浜谷は顔を見合わせた。薬事法違反の線が濃厚となった証言だった。

「やはり俗世の薬の多くは製薬会社の策略が働いており、純度は落ちるそうです。信用できないものは使わないという信念をお持ちのようでした」

浜谷はメモを走らせながら、よし、と呟いたように見えた。

それから他の二人の信者からも聴取し、供述調書を作成してから、二人がデスクに戻ったのは午後十一時を過ぎた頃だった。

「さすがに疲れたな」

「はい。でも今回の聴取は意義深いと思います」

二人は自然と握手を交わしていた。

「それにしても鷹田は第十サティアンに入ったことがあったのか」

チヨダの大石には報告していたが、浜谷には報告義務はなかったので伝えていなかった。公安ではこのように直属の上司にさえ、重要事項を伏せておくことも多い。鷹田がすみません、と前置きして経緯を説明すると、

「そういうことだったか、いやいいんだ。ところで今夜はどうする」

浜谷は鷹田の肩を軽く叩いた。

「家に帰ってゆっくり風呂に入りたいです」

足を伸ばして温《ぬる》めの湯につかりたかった。

「自宅で温熱療法か」

「管理官、勘弁してくださいよ」

ははは、と声を上げて浜谷は楽しそうに笑う。

「疲れただろう。少し体を休めろよ。俺は地下のシールドルームで寝るからな」

そう言って再び大笑いした。

警視庁本部地下二階には、捜査関係者用にカプセルホテルのような個室があった。総務部厚生課に言えば、無料で宿泊することができる。ただ部屋は二十しかなく、ほ

とんど空きがでないのだ。

「予約されているんですか」

「ああ、この五日間家に帰っていないよ」

浜谷は一瞬真剣な眼差しを鷹田に見せたが、すぐに微笑んだ。

「お前は帰れ」

鷹田は浜谷の仕事への取り組み方に頭が下がる思いだった。いくつか明日の準備を整え、なんとか終電に滑り込んだ。

やっと長い一日を終えた。

翌朝午前七時半に鷹田が出勤すると、浜谷はデスクで捜査資料を読んでいた。

「おはようございます。早いですね。部下としては恐縮至極です。もう少し遅くいらしていただいた方が係員の士気は上がるのですが……」

冗談めかして言うと、浜谷は眉を上げて「はいよ」と応じて、ソファーに移り新聞を広げ始めた。

給湯室では女性職員が慌ててコーヒーを淹《い》れている。

「藤本さん、ゆっくりでいいよ。歳のせいで最近めっきり朝が早くて」

浜谷は強面《こわもて》だが気さくな管理官だった。

「管理官、キャリアの課長が部下に人気があるのはなぜだかご存知ですか」

「朝から何だ」

「警察庁の勤務開始時間である、九時半に出勤してくるからですよ。警視庁のスタートは八時半ですから、一時間遅い。そこが下の者たちにとってはありがたいのですが、浜谷管理官ときたら」

そこへ藤本がコーヒーを二つ持って来た。

「おはようございます。捜査は進展しそうですか」

「うん、もしかしたら今日の令状請求で捜査が新展開するかもしれない」

鷹田はマグカップに口を付けながら言った。

「この一日一日が勝負のときだな」

浜谷が言う通り、当然ながら警察捜査は時間との闘いでもあった。

藤本が微笑んで一礼してその場を離れると、浜谷が口を開いた。

「令状請求の準備はこれからか」

「はい、そちらの準備に加え、指名手配の手続きで刑事部捜査共助課に行かなければなりません」

この手続きがなかなか煩雑で、時間を取られることが分かっていたので、鷹田は早朝出勤したのだった。

「捜査共助課は刑事部だけでなく、公安や交通、組対まで全体を観なければならないからな」

「昨夜のうちに共助課の宿直に電話を入れて、今朝伺うことを伝えてありますから」

宿直報告の前が、最も素早く決裁が下りるタイミングだと鷹田は心得ていた。

「うちの課長へは事後報告となってしまうな」

笑って鷹田は頷いた。

「キャリア課長のご出勤タイムは、なにせ九時半ですからね」

「今回は二種手配をかけるのか」

「いえ、原則どおり一種手配です」

第一種手配は、身柄の護送を求める場合の手配をいい、第二種手配は身柄を引取りに行く場合の手配と分かれている。

「それよりも、まだ森への逮捕状が出ていないだろう。それでも共助課は受けてくれるか」

浜谷は怪訝な顔つきで訊ねた。

「逮捕状は午前中に出ればなんとかなります。昨夜のうちに地裁の宿直裁判官に連絡を入れてありますから、九時前に行っても問題がないよう先方も配慮してくれているはずです」

　こういった細かな事務手続きのコツは、公安部に来てからしばらく情報担当を外され、事件担当としていくつもの捜査に携わったおかげで得たものだった。

「なるほど。共助課には誰か知り合いがいるのか」

「中幹一般の時の部屋長だった中江《なかえ》さんが共助課の古参ですから」

　関東管区警察学校で行われる中級幹部（警部補）に昇任する際に受講する講習を中幹一般と呼んだ。

「鷹田主任得意の人脈だな」

「お世話になったんです。中江さんは、管区ではすさまじい情報網を築いていらっしゃり、尊敬していました」

「管区は情報だからな」

　警視庁は関東管区警察局の傘下には入っていない。管区警察局に入っていないもう一つの警察組織は北海道警察である。北海道警察は内部が四つの方面本部に分かれており、面積が広いため独自に幹部教養を行っている。

警視庁が関東の警察組織でありながら関東管区警察局の傘下に入らないのは、警察組織上の階級制度が影響していると言われた。関東管区警察局長の階級は警視監だが、警視庁のトップは警視総監である。最上位の階級である警視総監が、警視監の下に就くという構図は不自然極まりない。明確な階級社会である警察組織は、指揮系統をはっきりさせることで様々な秩序を保っている。

官庁が仕事を始める八時半を過ぎると、鷹田は警察庁の向かいにある東京地裁へ手続きを行いに行った。

桜田通りに植えられている木々に新芽が出て春を感じさせる。数日前の地下鉄サリン事件の後、被害者が溢れ返っていた霞が関一丁目交差点を渡り、鷹田は地裁の令状課に早足で向かった。

「こっちです。もうできてるよ」

鷹田の顔を認めた柳橋《やなぎばし》裁判官が手を上げた。

「カルマ真仙教で逮捕状が出たのは、これで二人目だな。この森康夫って、地下鉄サリン事件で使われたサリンを作った奴なわけ?」

柳橋はまだ若く鷹田といくつも変わらなかった。

「あのサリンを作ったのは、おそらく化学班と呼ばれている別グループだと思います」

「そうなの。カルマにはクレイジーな化学者が何人もいるんだね」

「これから逮捕状の嵐になると思いますよ」

柳橋は何度かうなずいた。

「教団幹部の名簿でもあったら添付資料に付けておいてよ」

「了解です。最終的に共謀共同正犯で阿佐川光照《こうしょう》の身柄を捕る時には必要になってきますからね」

「もう、手元にあるんでしょう」

昨日の強制捜査では教団内部の資料は出てこなかったと鷹田は説明した。

「パソコンは押収していないの」

「ハードディスクが残ったままのパソコンは持ってきました。復元ができるかどうか賭けですが、オタク性の彼らのことですから、その辺は抜かりなく徹底的にデータ消去しているような気もします」

「エリート揃いらしいけど、皆おそらく視野狭窄《きょうさく》で周りが見えなくなるタイプなんだろうね」

柳橋は首をすくめて言った。

「彼らはサリンやらパソコンやらを作ってしまう頭脳を持ちながら、子供でも首を傾げるようなデタラメな教義を馬鹿真面目に実践しているんです。理性を超えたところにあるのが精神世界なのかもしれませんが」

この日の午後、警視庁は森康夫を薬事法違反の容疑で全国に指名手配した。

第三章　押収品

この日の夜、鷹田は押収品の預貯金通帳をチェックした。

名義人の名前やすでに調べが付いていた一部幹部の名前をデータ化し、情報管理課に総合照会をかけたのだ。

「生年月日がわからないと個人の特定は難しいでしょうね」

一緒に作業にあたった河野巡査部長がため息まじりに言った。

氏名と生年月日、性別が分かれば個人を特定するのは難しいことではない。前科前歴も分かるし、運転免許証を持っていれば居住地もわかる。だがカルマ真仙教の出家信者たちは、現在の居住地がサティアンのある富士里や上十条村に変更されているのだ。

「まあ、仕方ない。森康夫は医師免許があったから、だいたいのことは分かったじゃないか」

鷹田が気分転換にコーヒーをいれに席を立つと、電話を取った河野が叫んだ。

「主任、お電話です」

この三月に遠野憲一《けんいち》に代わって、チヨダの「先生」に着任したばかりの平山茂和《ひらやましげかず》警部だった。平山はこの三月に宮城県警から警察庁に出向となっていた。

「先生、お疲れさまです。こんな遅い時間まで残っていらっしゃるのですか」

「何が起きるかわかんないんだから、今僕が家に帰るわけにはいかんでしょう」

着任早々から打ち解けることができた平山と鷹田は馬が合った。

「大石校長もいらっしゃいますよ」

「そうですか。ところで何かありましたか」

「大ニュースですよ」

平山の口調は明るかったが鷹田は身構えた。

「滋賀県警の彦根警察署の警察官が、検問でカルマの信者を捕まえたんです」

検問の最中、第一サティアンから大阪方面に逃げようとしていた白いワゴン車を捕まえたのだ。白いサマナ服の四人の男が乗車していたので、すぐにカルマ真仙教の信者だと分かったという。

「容疑は何です？」

「道交法違反と公務執行妨害です」

職質中に逃げようとしたらしい。額にはヘッドギアの跡があったらしい。

「やりましたね」

公務執行妨害を取れば、最低十日は身柄を押さえることができる。その間に取調べが十分できるだろう。

「こいつがとんでもないものを持っていたんですよ」

平山の声が妙に弾んでいるので、つられて鷹田もそわそわした。

「まあ、一言で言えば情報の山、宝の山です。カルマ真仙教の人事データや金銭出納帳、関連企業のバランスシートまでありましたよ」

「やりましたね。それはすごい」

鷹田は思わず拳を握ってガッツポーズをした。

「人事データを入手できたのですね」

「ええ、出家信者全員の生年月日から教団内の所属、顔写真、ホーリーネームがあるものは明記され、お布施の額まであらゆることが記載されているというんです！」

「顔写真まで付いているのですか」

あまりに整理された名簿に妙に感心する鷹田だった。

「極左連中だってそこまで几帳面にやりませんよね。カルマの幹部は人事管理を重要視していたわけですから、まあたいしたものです」

「滋賀県警はこれで汚名返上できましたね」

鷹田が思わず言うと電話の向こうで平山が大きく息を吐いたのが聞こえた。

「ええ、天国の山内《やまうち》さんも胸をなで下ろし、心から喜んでいるでしょう」

かつて滋賀県警は、グリコ森永事件の被疑者をあと一歩のところで取り逃がしたことで、警察組織内だけでなく、マスコミからも批難を浴びたことがあった。この時山内県警本部長は、

「事件との関連性を疑われる盗難車両の犯人を捕捉できなかったことは大変残念であり、また申し訳ないことと思っている。責任は自分にある」

と記者会見で謝罪した。取り逃がした滋賀県の所轄署外勤課の警察官は、責任を感じて後に辞職をしている。その後も犯人による脅迫が続いたこともあり、脅迫のたびに滋賀県警は当時の失態を責められたのだった。

一九八五年八月、世間からの厳しい追及を受けていた山内は自身の退職の日、失態の責任を取って本部長公舎の庭で頭から灯油をかぶって焼身自殺を遂げた。山内は数少ない叩き上げの県警本部長だった。

「人事データの分析はどこがやっているのですか」

「あの辺ではコンピューター犯罪が得意な京都府警刑事部と科捜研に持ち込んで解析をかけています。明日には科警研とこちらにも届きますから」

データは簡単に取り出せたのだろうか。

「光ディスクに保存されていたもので、運よくプロテクトが掛かっていなかったんです」

「第一サティアンに外付けの光ディスクレコーダーがあったんです。しかし、パソコンのハードディスクにはあれだけ厳重なプロテクトとデータ抹消を施しておきながら、光ディスクにプロテクトを掛けていなかったというのは焦りからだったのでしょうか」

鷹田は首を捻って続けた。

「それだけの貴重なデータをどう素早く分析するかはわれわれ公安部にかかっています、と言いたいところですが、残念ながらはハイテク犯罪に通じた人間はうちの部には多くいません」

鷹田は思わず本音を伝えると平山は唸った。

「実は警察庁も同様なのです。ハイテク部門が一番進んでいるのは刑事局で、捜一、捜二は専門の部隊を独自で持っているのですが」

「警視庁も同じです。捜一にはコンピューターのプロが何人かいて、独自にプログラムやソフトを作成し捜査に活かしているといいます。公安部よりも先見の明があったことは確かです」

「今の警察に何が必要かというのは、こういう機会に気付かされるのです。犯罪者はいつも一歩先を行く。すぐにハイテク犯罪に対する専門チームを立ち上げないといけないですね」

鷹田は宝の山を手にしながらも、その解析ができない公安部に危機感を持っていた。

その晩、警視庁本部の地下のカプセルに泊まった鷹田は、翌朝一番にチヨダに向かった。

平山は押収したカルマ真仙教のデータを確認していた。

「おはよう鷹田さん、このデータはとにかくすごいですよ……」

目を大きく見開きながら平山は信じられないといった顔をしている。

「出家信者の元の職業なども詳細に記されているんです。まだ幹部の経歴など主立った所しか見ていませんが、一流企業の幹部リストかと思うほどですよ」

「それだけの頭脳を持った者たちを唆《そそのか》し、従えた阿佐川光照という男はただのインチキでなく、何かしらの特殊な能力を持っているのでしょうね」

平山も同意する。

「そうと言わざるをえんでしょう。宗教家というのは、自然を超越した能力がどこかにあるようですから」

「校長はいらっしゃいますか」

大石とこの件について話してみたかった。

「校長は連日幹部会議でほとんど席におりませんよ」

「そうですか。では先生、このデータを僕にも見せていただいてもよろしいですか」

すぐさま平山から光ディスクのコピーを渡された。

「あとはこの情報量に負けない分析力が必要です」

早くこのディスクを開いてみたく、チヨダを辞去すると鷹田は足早に自席に戻った。

人事データは想像を超えるものだった。

登録されている信者数は一万五千人を超えており、このうち出家信者は約千四百人である。

データに入っていたバストアップ写真は、まるで集団で逮捕された犯人のように、番号札を胸の前に掲げた姿で撮影されている。その番号を検索すれば、個人データの詳細が表示された。

「それに信者数がここまで増えているとは」

柿岡と有楽町のガード下でカルマ真仙教について聞いたとき、まだ信者数は六百人そこそこだったはずだ。それが瞬く間に二十五倍近くになったのだ。

まず初めに鷹田は最も気になっていたキーワードを検索窓に入れた。

――「自衛隊」。

すると、ずらりと名前が出てきた。行数は百を超えている。

――やはり……しかもこれほどいたとは想像以上だ。

百人を超える自衛隊関係者がカルマ真仙教に入信していたとは、まさに驚愕の事実だった。

――空挺関係者が多いな。どういうことだろう。

これには背筋が凍る思いだった。第一空挺団は陸上自衛隊に所属する航空機部隊で、千葉県船橋市の習志野駐屯地に本部がある。陸上自衛隊唯一の特殊部隊でもあった。

リストに挙がってきた自衛隊関係者のほとんどは陸上自衛隊の者たちだった。自衛隊の人数比は陸十五：海四：空四だが、リスト上の比率は二十：二：一というところだ。

陸自でほぼ固めていたのは、海外展開よりもまず、カルマ真仙教は日本国家転覆を狙っていたからに違いないと鷹田は思った。

そしてカルマ真仙教が、どれだけ真剣に国家を標的にしたテロを企てていたのか改めて突きつけられ、鷹田はしばし言葉を失った。

それから連日、寝る間も惜しんで鷹田は人事データの解析を行った。

鷹田はカルマ真仙教の捜査だけでなく、阪神・淡路大震災後の関西地域の状況から政局の動向まで、幅広く情報収集に動いていた。とりわけ不安定な政局では、様々な政治的駆け引きが行われ、連立政権を空中分解させようとする力が増幅していた。その乱世を鷹田は奔走していたのだった。

マスコミの間では、カルマ真仙教に関する報道も断続的に流され、松林や地下鉄のサリン事件が、紛れもなくカルマ真仙教の仕業であるとの報道が主流になっていた。カルマ真仙教のスポークスマンである周防弘弥《ひろや》は、連日テレビに出て露出を増やし、呆れたことにファンクラブまでできる始末だった。

一方、三月二十二日の教団施設に対する強制捜査以降、教祖の阿佐川の所在が断続的に不明になることが何度か続いた。

阿佐川の専用車両である白いロールス・ロイスの目撃情報が様々な県から寄せられていた。阿佐川を乗せた車は居場所を転々としているようだった。

平山からディスクのコピーを受け取ってから一週間、鷹田はようやくカルマ真仙教というカルト集団の全貌が立ち上がってきたと感じた。

第四章　長官狙撃事件

これほど大事件が立て続けに起こる年もない。

この日三月二十九日は、鷹田の総合当直の日だった。

鷹田は十七時十五分から始まる当直時間帯でも、当直部屋で在室が義務づけられている時間帯以外は、ほぼ自席でデータと格闘していた。

人事データ以外では、幹部の海外渡航歴までも詳細に記録されているのが興味深かった。やはり早池や村本らは、頻繁にロシアへ出かけていたようだった。

当直だから一睡もしない。三十日の明け方には、朝の宿直報告の準備を終えて、またデータ解析に戻っていった。

総合当直の勤務時間は午前八時半までだ。

八時半が近づいてきた。出勤してくる者もちらほら出始めた。

夜通しパソコン画面を見ていたので目が疲れて肩が重い。手洗いで洗顔し、歯を磨いてからデスク周りを片付け始めた時、通信指令本部から警視庁の全ての無線に一斉に至急報が発せられた。

「警視庁から各局。午前八時二十七分頃、警察庁長官が狙撃された模様」

公安総務課管理係にいた者全員がすぐさま立ち上がった。

「場所、荒川区南千住六丁目＊＊番付近。状況、待ち伏せていた男が拳銃四発を発砲、うち数弾が長官に着弾した模様」

誰も微動だにせず、至急報に耳を澄ませている。

「被疑者は現場から自転車でいずれか方向に逃走中。現在時をもって、現場から半径二十キロメートルに緊急配備を発令する」

カルマの仕業か――？

やはりすぐに思い浮かんだのは奴らの名前だった。

「ただ今の時間午前八時三十一分〇〇秒」

「宿直員はすぐに公安部総合指揮所で指揮系統を立ち上げてほしい。公安機動捜査隊を現場に派遣する。なお、現場では鑑識課と連絡を密にし、詳細は秘話コードを使用して公安系で送るよう指示してくれ」

間髪を容れず、管理担当理事の指示が飛んだ。

午前八時半前に発生した事件であったため、鷹田は公安各課に戻っていた昨夜からの当直員全員を呼び戻し、公安部総合指揮所に集めた。

当直員たちが指揮所に駆け込んでくると、鷹田が理事官からの指示を伝える。それから指揮所の指令台から、至急無線を送った。

「至急、至急。長官狙撃事件発生に伴い、現時点、公安部総合指揮所内に公安部総合デスクを開設した。指揮系統は公安部系一チャンネルを秘話コードで使用。有線連絡は緊急時のゼロワンを使用する。なお回信は省略。以上公安」

公安部各課と全方面本部、警視庁全署の公安係デスクに向けた無線だった。

すると指揮所に浜谷が入ってきて、鷹田の肩をポンと叩いた。

「頼むよ」

とだけ言い、ビニール袋に入った一ダースの栄養ドリンクを置いて浜谷は立ち去った。

公機捜に理事官からの指示を伝えるため、鷹田は電話を入れた。

電話に出たのは機捜の庶務担当主任、湯山《ゆやま》である。

「鷹田主任が宿直だったの？　事件発生があと三分遅かったら、選手交代だったのにね」

事件が八時二十七分に発生したため、前日からの宿直員が担当する事案となった。八時半以降は、別の担当者に引き継がれるのだ。

「いえ、どちらにしてもしばらくは泊まり込みになるでしょうから」

警視庁の組織運営上、もっとも手薄な時間帯とも言えた。

八時半前という時間は、交番勤務をしている地域課員のうち、巡査部長の半数は本署に上がってしまっている。当番勤務中に取り扱った事件や事故の書類整理を行うためだ。このため、この時間帯に交番の外で警戒活動を行っている警察官はまずいない。

無論、警察庁長官の住居を管轄する南千住警察署の地域課と警備課は、長官が交代した前年の七月から、長官の出勤時間に合わせて動いていたはずだが。

「長官はご無事だったのでしょうか」

鷹田はすぐさま尋ねた。

「すぐに運ばれたよ。三発受けたらしいから、予断を許さないだろう。生死の境を彷徨《さまよ》っているようだ」

　背筋を冷たいものが流れていく。

「それにしても、長官はどうして長官公舎に入っていなかったのだろうね」

　湯山が怪訝そうに言った。

「そうなんですか。知りませんでした」

　警察庁長官の國枝芳彦《よしひこ》が、長官になった後も公舎に移らず自宅マンションから出勤を続けていたことは、護衛につく所轄の警察官と警護課員以外はほとんど知らなかったはずだ。

「犯人の中に内部事情に通じた者がいなければ、長官の出勤時間帯を狙うことは難しいだろうな」

　警察トップに銃口を向けたということは、警察組織全体に対する挑戦ともとれた。

「これはやっぱりカルマ真仙教の仕業ですかね」

　その可能性はかなり高いと鷹田は考えた。一方で、あらゆる犯罪者が今事を起こせば、カルマ真仙教に罪をなすりつけられると考えるだろうとも思う。

　警察のトップ、つまり警察組織は常に多方面から狙われていると考えていいと思った。

「犯人が警察に対する恨みを持っていて、その矛先を長官に向けたのだとすれば、それは日本人的な発想とは少し違うような気がするんだ」

湯山は面白いことを言った。鷹田もなるほどと同意する。

「どちらかと言うと、トップの命を狙うというのは海外マフィアが発想しそうなことです」

「やはりカルマ真仙教の犯行と決めつけてかかっては見誤るな」

しかしこの時期である。強制捜査が入った後、職質により人事データのほか、教団の重要情報が警察の手に渡ったことは先刻承知だろう。カルマ真仙教が反撃に出ることは十分にあり得ることだった。

「何とも言い難いですね。これから出て来る物証で白黒つけばいいのですが」

鷹田はふと部屋の窓の外を見た。

「しかも今朝は雨です。雨が降る中、拳銃で標的を狙えるのはプロでしょうね」

「そうだな。いずれにしても、警察組織を挙げて捜査しなければならない事案だ」

それは間違いなかった。

「捜査一課も威信を懸けて捜査することになるでしょう」

銃器使用の事件であっても、銃器対策課ではなく、殺人未遂事件として捜査一課が先頭に立って捜査するだろうと鷹田は思った。

受話器を置いてから鷹田は指揮所詰めが決まった昨晩からの、宿直仲間に声をかけた。

四人の宿直員は同じ部内ながら、鷹田は誰とも話したことがなく、顔を知らない者もいた。

「とんだことになってしまいましたね」

鷹田が言うと公安一課の主任が口を開いた。

「ホシはチャリンコで逃げているんだって。いい度胸だよ」

「どこかで出迎えがいるのかもしれませんよ」

顔を上げた公安三課の巡査部長が言った。

「雨だから黒い合羽をかぶっていたらしいけど、逃走するには目立つだろうし」

公安二課の主任が腕組みをしながら首を傾げた。

「いや、案外自転車に雨合羽という出《い》で立ちは違和感ないんじゃないか。小中学生の登校時間後だったから、駅方向に向かえば、あの界隈だし人とすれ違うことも多くないと思う」

頷きながら鷹田が話を聞いていると、宿直チーフだった外事二課の主任氷川《ひかわ》が鷹田に顔を向けた。外事二課は主に中国、北朝鮮関連の情報を集める部署だ。

「鷹田主任はカルマ真仙教のガサには行ったの？」

「はい。富士里に行きました」

「上十条じゃなかったんだね」

「はい、僕は第一サティアンでした。公安部は富士里と上十条の第十サティアンだけでしたから」

「そうか。今回の事件とカルマ真仙教との関連についてどう思う」

先ほどの湯山との会話を思い出しながら鷹田は首を傾げた。

「確かに奴らは射撃ツアーと称してロシアに出かけていましたし、拳銃の密造までやっていましたから、拳銃の扱いに多少覚えはあったかもしれませんが、今回の仕事は暗殺のプロによると思うんですよね」

外事二課の氷川はロシア情報については専門外だろうが、ロシアは外事の管轄区域である北朝鮮と国境を接しており、北の覚醒剤の密貿易はロシアンマフィアとの間で積極的に行われているらしいことから、ロシアについて知ることも多いだろう。

「ライフルならまだしも、雨の日に拳銃で狙撃するとなると相当な技術がいるよな。しかもしっかり着弾させている」

受けた場所によっては命に関わってくるはずだった。

「使用された銃の種類が分かれば犯人像も見えてくるでしょう。拳銃はおそらく犯人の使い慣れたものだと思います」

公安二課の主任が言った後、鷹田が氷川に尋ねた。

「主任はどう思われますか」

うむと唸ってから氷川は照れたように微笑んだ。

「俺は実はね、警視庁の拳銃特練で国体に出て、オリンピックの強化選手になったこともあるんだよ」

その場がどよめいた。

「もう少しでオリンピックにも行けたんだけど」

それだけの腕前の氷川から意見を聞けるのは貴重だった。

「オリンピックだって固定された的しか撃たないだろう。視界が悪い中、動く標的を仕留めるなんてことは、警視庁の拳銃特練レベルでできることじゃない。自衛隊で特殊訓練をした人間なら、拳銃よりもエアピストルを使うだろうし」

エアピストルは空気や不燃性ガスで弾丸を発射させる実銃である。

「そうなんですか」

「自衛隊は拳銃にはさほど力を入れていない。特に海や空では訓練でさえほとんど撃つこともないらしい」

ということは、拳銃について、日本人でこれほど高い技術を持った者はほとんどいないということになる。

「今回の犯行は外国人による可能性も視野に入れないといけないですね」

鷹田は言った。

「そうだな。案外、北の特殊部隊かもしれない」

「北朝鮮ですか」

公安一課の主任が驚きの声を上げた。

「北朝鮮の特殊部隊が長官を狙うという構図ですか」

思案顔で顎に手をあてながら公安二課の巡査部長がつぶやいた。

「カルマの信者に北朝鮮出身者は一人もいませんよ」

ここ数日カルマ真仙教の人事データを穴があくほど眺めていた鷹田は即答した。

「そうか、ならば少なくとも犯人自身は信者ではないかもな」

氷川の推論に皆頷いた。

「北朝鮮では人を処刑する際、拳銃が使われることが多いと聞いたことがありますが、本当でしょうか」

　公安三課の巡査部長が氷川に尋ねる。

「そうそう。的にどれだけ正確に銃弾を撃ち込み、どれが致命傷だったかを見るためだと言われているんだ。ただ殺《あや》めればいいというのではなく、将軍様の命令をいかに忠実に実行できるかまでが、評価のうちだからな」

　氷川の話を鷹田は興味深く聞いた。

「そこまで評価の対象になるのが北らしいですね」

「あの国では何よりも将軍様への忠誠心が大事だってことだ」

　鷹田はカルマ真仙教が反社会勢力経由で、北朝鮮と繋がっている可能性を考え始めていた。

「まあ、指揮所で分かることはあまりないな。現場で何を見つけられるか。犯人を捕まえられるかだ」

「犯人は自転車で逃げているんですよね。それもプロらしい手口の一つと言えますか」

　公安一課の主任が言った。

「プロは標的を仕留めるだけでなく、犯行後いかに現場から逃走するかについて熟考している。自分の存在感を消して周囲にとけ込むのが上手《うま》いんだ。的を外す以前に、捕まってしまったらプロは務まらない」

全員が口々になるほど、とつぶやきながら唸った。

「すると、なかなか捕まえるのが難しいということでしょうか」

巡査部長が不安げに尋ねる。

「北朝鮮系のプロなら今日、明日中に国外脱出するだろうね」

「空海港の手配を至急やらないといけませんか」

カルマ真仙教の犯行だと決めつけてしまったら、この発想は出てこなかったかもしれなかった。

「北朝鮮関係者だとすれば、すぐに沖縄本島に飛んで与那国《よなぐに》に移動し、そこから漁船を使って台湾に逃げるなんていうルートを考えるかもしれない。中国経由でホームに戻るという手口だ」

「成田は使わないということですか」

「プロなら当然、国際線には網を張られていると考えるでしょう」

氷川の考察は面白く、鷹田は勉強になるとの思いだった。

公安機動捜査隊から第一報が入ったのは、その直後だった。

「公機捜ワンから公安」

「公機捜どうぞ」

「現場の状況。狙撃現場から朝鮮人民軍のバッジや大韓民国の十ウォン硬貨が遺留物として発見されている」

部屋の皆は目を丸くした。氷川だけがゆっくりとひとつ頷いた。

「マル害は現在、千駄木の日本医科大救命救急センターに搬送され施術中。発射弾の一部はいまだマル害の体内にあると思われる。長官秘書官の言によれば三発目と四発目の発砲状況について、三弾目は倒れた長官に対して跳弾により命中させている」

鷹田はその手口に息を呑んだ。

「現時点、現場に発射弾の遺留は二つ。科警研に緊急搬送し、使用された銃と弾を特定する予定。どうぞ」

氷川は大きく息を吸い込んでから言った。

「やはり、だな」

早速、公安一課の主任が訊ねた。

「朝鮮人民軍のバッジや大韓民国の十ウォン硬貨を遺留した理由はなんでしょうか」

「前者は自分の立場を表し、後者は指示した者が誰であるかを表していると考えてみることもできるな」

氷川は宙を見つめながら思案顔で言った。

事実上の犯行声明となるが、逆に捜査を混乱させるためにあえて置いた物証とも取れる気が鷹田にはした。いかにも不自然な遺留品であり、捜査の手がかりを残していくことに何の意味があるのか慎重に判断すべきだと思った。

「跳弾を標的に当てるなんて……」

鷹田はそうこぼしつつ、技術に加え、その発想が瞬時にできること自体がプロの証《あかし》と言える気がした。

「まるでデューク東郷《とうごう》ではないですか」

ふと漏らした巡査部長の言葉に氷川が苦笑する。

「デュークはライフルだけど、こっちは拳銃だぞ。レベルが上だよ」

あとはこの狙撃犯とカルマ真仙教との間に繋がりがあるかどうかだと鷹田は思っていた。

公機捜からの第一報を鷹田は理事官に報告に行っていると、浜谷が飛び込むように駆けつけて言った。

「鷹田主任は原隊復帰、早急に警察庁とマスコミの動向をチェックしてくれ。公総課長の了解は取ってあるからな」
理事官も頷いた。

毎日目の回るような忙しさだった。

急いでロッカーに走り着替えを出す。ロッカーには泊まり込みが長引いても困らないように、何日か分の服や下着を詰め込んでいた。昨日からシャワーを浴びていなかったので、仕方なくウエットティッシュで身体を拭いてからシャツに袖を通した。

午前九時十五分を回ったところ、鷹田は官邸に向かった。すでにマスコミが集まっているだろうと思ったからだ。

霞ケ関駅に降りる階段付近で男性と肩がぶつかりそうになった。

「おっと、失礼！　鷹田さんじゃないですか」

出勤して来たチヨダの大石だった。その様子からまだ事件を知らないようだ。

「校長。長官が狙撃されたのをご存知ですか」

「なに」

一瞬で校長の目つきが変わり眉間には深い溝ができていた。

「後で」

そう言うなり校長が警察庁に駆《か》けて行ったので、鷹田も階段を一目散に降りていった。

丸ノ内線国会議事堂前駅で降り官邸へと急ぐと、国会記者会館の前にはすでにおびただしい数のマスコミが陣取っていた。

一階の喫茶室をのぞいて知った顔がいないか首を伸ばしていたところ、背中を軽く押されて振り返った。

「警察はやられっぱなしじゃないか。これもテロだろう？」

東京通信の柿岡だった。

咄嗟に返す言葉が見つからなかった鷹田は、いや、とだけ言って視線を落とす。

「カルマ真仙教の犯行なのか」

「まだ何とも言えない」

鷹田は俯いたまま息を吐いてから顔を上げた。

「朝鮮人民軍のバッジや韓国の十ウォン硬貨が現場に置かれていたんだ。何か思い出さないか」

「以前横浜で起きた阪上弁護士一家失踪事件の現場に落ちていたカルマのバッジのことか」

鷹田はひとつ頷いた。

「韓国系の工作員と通じたカルマの犯行という線もありえるか」

そう言って柿岡は眉を上げた。

「それにしても今回の記者会見は早かったな！　早い段階からマスコミに情報を入れてくれるのはありがたい。今回の仕切りは警察庁だからかな。これが警視庁だったら、昼のワイドショーだって間に合わなかっただろう」

遠慮なく言って柿岡は笑った。

「捜査一課は素早かったと思う」

「警視庁記者クラブの捜一担当は、今回はカルマ真仙教の犯行かどうかは何とも言えないという素振りだった」

「なんでもカルマのせいにされては、公安がまたドジをこいたと言われることになる」

旧友を前にして鷹田はつい本音を漏らした。今回もテロと認定されるとなると、公安事件ということになる。ただ今回は捜査一課が主軸になって動いて欲しいと鷹田は願っていた。

「外事事件の可能性も否定できないんだけどな」

「北朝鮮や韓国との絡みがありそうか」

「ああ。長官は外事にいたこともあるんだ。長官自身のバックグラウンドを調べない訳にはいかないと思う。今日三十日は、地下鉄サリン事件から十日目だ。カルマの犯行に見せかけた便乗犯なのかもしれない」

どうかな、と低い声で柿岡は呻いた。

「萱野公安部長の見解が聞きたいところだ。公安トップはこの犯行をどう見ているんだ？」

「トップの判断はわからないが、外事絡みの場合は、やはり公安が動く必要が出てくるから部長も悩んでいるだろう」

「外事二課が担当するとして、人は足りるのか」

「そうなったら所轄から吸い上げるよ。公安総務課が裏を仕切ることになるかもしれない」

「どういうことだ」

「外二課長は若いキャリアだ。経験が浅く、これだけの事件の捜査指揮など執れないよ。もうミスは絶対許されないからな」

「公総課長だってキャリアじゃないか」

「うちなら課長の上に参事官がいるし層が厚い」

「影の公安部長と呼ばれている熊本参事官がお出ましか」

「ご名答。やはりキャリアの東参事官では手に余ると思う」

「東参事官は上昇志向のかたまりで政治に色気を見せているから、張り切ってやりたがるかもしれない」

「いや、東さんは政治家は狙っていないよ。政治家は使うもので、なるものではないというのが、あの人の持論だからな」

実は昔は鷹田も東に目をかけてもらっていた時期があったが、ある時権力が人を変えるということを目の当《ま》たりにし、だいぶ距離ができてしまった。

「しかし、公安部もサリンに加えて大変な事件を背負《しょ》い込《こ》む可能性が出てきてしまったわけだ」

外事事件の認定だって本当は避けたいんだ……と鷹田はそう思いつつ、柿岡には黙っていた。

鷹田が警察官になって以来、これだけ大きな犯罪が立て続けに起きたことは記憶になかった。

平成最悪の無差別テロ事件からたった十日後に、今度は日本の犯罪史上例を見ない長官狙撃事件が起き、捜査関係者に疲弊の色が滲んでいたのは事実だった。捜査員の数は無尽ではないのだ。

「指揮官や現場が混乱し、捜査が誤った方向に進まなければいいんだが」

ふと松林サリン事件が起きた時の、長野県警刑事部の失態が頭をよぎる。鷹田は大きなため息を吐きながら組んでいた腕を解《ほど》いた。

すると官邸に詰めていたマスコミが騒ぎ出した。

「何だ何だ？　じゃ、また後でな」

柿岡が去って行き、鷹田も情報収集に奔《はし》る。

國枝長官狙撃からほぼ一時間が経っていた。

どうも犯行をほのめかす電話が、テレビ局にかかってきたらしい。電話の主は長官の狙撃について語った後、次の標的は警視庁トップであると言い、カルマ真仙教への捜査を直ちに止めるように求めたらしかった。

「いよいよ分からなくなってきましたね」

親交のある週刊誌記者の矢部《やべ》が鷹田に近づいてきた。

「これで却《かえ》ってカルマの線は薄くなったのではないですか」

「というと」

小柄な矢部は鷹田を見上げる。

「脅迫電話の音声は録音でしょうが、声紋鑑定機器でチェックすればある程度は絞り込めるでしょう。これがカルマ信者の仕業となれば、あまりに稚拙ですよ」

「たしかにおっしゃる通り」

矢部はノートに何かを書き付けながら、ぼそっと言った。

「現段階でマスコミは長官狙撃をどう捉えているのですか」

「まだ何とも言えませんよ。ある程度は警察発表に頼らなければなりませんけど、独自取材をやったところで、記事にできるか怪しいもんで」

そう言って矢部は鷹田の反応を見るように、にやりと笑ってから続けた。

「面倒なことになりますよ。警察と金の問題なんて話になったら」

鷹田はそれには答えず、

「まずは初動捜査が重要ですね。目撃情報の聞き込みや、防犯カメラ画像の回収を捜査指揮官が徹底してやることに期待するしかないでしょう」

軽く矢部に会釈してから本部に戻ることにした。

鷹田がデスクに戻ると伝言メモが残されていた。

驚いたことに関西の大物フィクサーと言われる長崎洋輔からだった。ひとつ深呼吸して鷹田は受話器を取った。

「長崎会長、ご無沙汰しております。至急のご要件とお伺いいたしましたが」

「巣鴨万造《すがもまんぞう》があんたに会いたがっている」

「急になぜです?」

鷹田はこれまで三度、新宿の事務所で巣鴨に会っていた。

巣鴨万造は覚せい剤取締法違反と傷害の前科があり、しばしば詐欺師のように途方もない事業計画や資金運用の話を大真面目な顔でする男だった。

決して信用できる相手とは思っていなかったが、カルマ真仙教とのパイプは嘘ではないようだった。現に以前この事務所に来たとき、鷹田と入れ違いで部屋から出て行ったのは教団弁護士の宮下典久《のりひさ》だったのだ。きっと巣鴨は、宮下がここに出入りしているところを鷹田に見せようと、あえてタイミングを計ったのだと思う。

「巣鴨さんは僕の連絡先も知っているはずなんですが。どうして会長を経由して連絡を寄越して来たのでしょうか」

自然と声を落としながら鷹田は受話器を握った。

「重大な案件だと言っていた。奴一人があんたに言ったところで信用してもらえないと思ったようだ。私をかませて一種の保険をかけたつもりだろう」

巣鴨は長崎に頭が上がらないはずだが、長崎に対して「重大な案件」と伝えたことが鷹田には気にかかった。

長崎との電話を切ると、鷹田はすぐに巣鴨万造の事務所に電話を入れた。

「すぐに事務所に来てくれないか」

詳細は電話では伝えられないという。

これから向かいます、とだけ言うと鷹田は小型のテープレコーダーを持って新宿に出かけた。

「先ほど教団の宮下弁護士がここへ来てね。今後の対応について相談したところだよ」

事務所に到着するやいなや、巣鴨はそう言って鷹田を驚かせた。

「今朝、宮下がここへ？　長官狙撃事件について何か言っていましたか」

巣鴨は目を細くして頷いた。

「宮下さんはね、あれは百パーセント、カルマは関与していないと言っていたよ。私は犯人は、パチンコ関係かとも思ったがどうだろう。岡広組傘下の仲井《なかい》組か、松吉《しようきち》会の向後《こうご》一家に当たれば何かわかるかもしれないな」

考えが及んでいなかった名前が飛び出し鷹田はどきりとした。

「どうしてそこまで絞り込むことができるんですか」

「あれは明らかに外国人のプロのスナイパーの仕事よ。日本のヤクザにあんな芸当できっこない。それなら海外から殺し屋を呼び寄せることができるのは、誰かって考えたんだよ」

巣鴨の分析に鷹田は思わず舌を巻いた。

「どうして警察のトップを狙う必要があるんですか」

「この一年で日本の安全神話が壊れたから。何でもやれると思ったんだろう」

日本だってテロが起きる、そう犯罪者に思われ始めたということか。

「ところで鷹田さん。カルマ真仙教教団内の勢力図に異変が起きたようなんだ。今のナンバーツーが誰か知っているかい」

「早池実知昌《みちまさ》でしょう？」

巣鴨はいいや、と否定した。

「早池を抜いて阿佐川の右腕になったのは、村本正雄《まさお》だよ」

鷹田にぐっと顔を寄せて巣鴨は囁いた。

化学班のリーダーだった村本の名を聞いた鷹田は首を横に振る。

「奴は実験好きの学者肌という認識でしたが」

「確かにもともとはな。ただ最近テレビには、周防と村本が出ずっぱりじゃないか。マスコミ対応はほとんどこの二人に任されている。そこが大事なところなんだよ」

宮下も村本の台頭をはっきり認めていたという。

「地下鉄サリン事件についての宮下の見解はどんなものでしょう」

「教団が全く関与していないとは断言できない、という曖昧《あいまい》な言い方だったな」

この一言は鷹田にとっては大きな収穫だった。関与を認める可能性を否定していない。

「ところで、重大な案件と長崎会長から伺ったのですが」

「はいはい、これから話すから」

どこから切り出すか巣鴨は頭を巡らせるようにソファーに座り直してから、ぼそぼそと語りはじめた。

「警察は面子《メンツ》もあるだろうが、地下鉄サリン事件に関して正直、阿佐川本人まで辿り着くのは難しいのではないかな」

意外なことを言い出したので、内心鷹田は面食らった。

「僕の口からはまさか『はい、そうですね』とは言えません」

これは何かの取引きの話なのだろうか。鷹田は慎重になった。

「いやそこでだよ。村本か、阿佐川を補佐する幹部を呼んで、事情聴取すべきだと思うんだ。その場で事件の落としどころを探ればいいんじゃないか」

鷹田は「事件の落としどころ」という言葉に敏感に反応した。一連のサリン事件とカルマ真仙教の関係を認める、というカードを教団側が切ろうとしているということなのか。条件は知らないが、これは教団側の大きな変化と言えるだろう。

確かに電話では話せない重大な極秘話である。

鷹田は事件の解決を進展させることができるかもしれないと思い、全身がぞくりとした。

「幹部とあなた方の引き合わせは、私がやるよ」

この巣鴨という男をどこまで信用していいか分からない。じっと見つめたが、巣鴨の空洞のような両目からはうまく表情が読み取れなかった。

「村本正雄がサリン事件への関与を認めるとでもいうのですか」

「村本の下には、より先鋭的で凶暴化した連中がいて、地下鉄はその連中がやった可能性もあるな」

この頃、突如会社を辞めてカルマ真仙教に入信するような一般市民が増加していたのは気がかりだった。警察やマスコミがカルマ真仙教への攻勢を強めるほど、テロや反国家に憧れる彼らは発奮するのかもしれなかった。

「先鋭化した信者の多くは死ぬことを恐れない。今後もっと悲惨な自爆テロだって起きないとも限らないぞ」

巣鴨は続けた。

「私が引き合わせた場所でやってきた幹部を逮捕したり、ある日いきなり阿佐川の身柄を捕るようなことをすれば、彼らは黙っていないだろう。サリンはどこへでも持ち込めることを忘れるなよ。次は東京ドームや国会内で撒くかもしれないんだぞ」

眉間を一段と深く寄せながら、険しい顔で鷹田は巣鴨の話を聞いた。

「それを防ぐためにも警察は静かに対応してほしい。地下に潜って過激化している信者をなだめることも重要だろう」

そう言って巣鴨は鷹田の目を確かめるように覗き込んだ。

「カルマの幹部で応じるとしたら誰ですか」

「村本正雄だ」

鷹田は自分一人で判断できる話ではないものの、警察がカルマ真仙教とこのような取引きを行うことに生理的な嫌悪感を覚えた。

「警察なら誰だって、松林や地下鉄で起きたサリン事件を全面解決させたいと思っています。落としどころなどという中途半端なものを受け入れるのは難しいでしょうね」

巣鴨は無表情になってソファーに体を預けた。

事務所を後にした鷹田は、今回の巣鴨万造の申し出にどう対応するべきか頭を巡らせながら警視庁に戻った。大石や平山、浜谷ならどう考えるだろうか。

誰にまず切り出すべきか迷いながら席に戻ると、デスクの電話が鳴った。

「ちょっとこちらに来てもらえますか」

電話をかけて来たのは大石だった。鷹田は整理メモを作る暇もなくチヨダに向かった。

チヨダの暖簾《のれん》をくぐると平山が待ち構えていた。

「校長に人事異動の発令ですよ」

「え、校長が？」

「公安一課長になられます」

この時期に異動とは驚いたが、大石を公安部に入れるために上が動いたのだろうと鷹田は思った。

「チヨダの後任はどなたですか」

「石原教一郎《いしはらきよういちろう》さんで、少林寺拳法の学生チャンピオンになったこともある武闘派です」

平山はにこやかに言って、大石に鷹田の到着を告げた。石原は在イギリス日本大使館の勤務を終え帰国したばかりらしかった。

「明日付で、一課長になることになりました」

大石が言った。

「おめでとうございます。四年早いんじゃないですか」

「時期が時期だけに、玉突きができなかったからやむなく私に回ってきたのでしょう」

そんな風に大石は謙遜するが、幹部が大石を情報のエキスパートに仕立てるために重要なポジションを経験させようとしているのが見て取れた。

「石原さんは警視庁の経験はあるのですか」

「いえ、ないと思います。ただ年次も私より四年若く、これまで以上にバリバリやると思いますから、鷹田さんは何も心配いりません」

大石がここを去ってしまうのは寂しかったが、石原というエリートキャリアがどのような人物なのか、鷹田は早くも気になり出していた。

「ところで鷹田さんにお願いがあります。カルマ真仙教関連の情報に関して、杉野警備局長に直接報告してもらいたいんです」

「直接僕がですか」

さすがに驚いた。現場をかけずり回る一介の警部補が、警察庁の幹部中の幹部である警備局長に直《じか》に報告を行うなど、通常は組織上考えられないことだった。

「杉野警備局長は温和な方ですし、誰の意見にも真摯に耳を傾けてくれる方ですから大丈夫ですよ」

大石は微笑んだが、鷹田は珍しく緊張したまま突っ立っていた。

「杉野局長は神奈川県警にいらしたとき、公安一課にカルマ真仙教の実態を調査させていたんですが、その時鷹田さんから上がるカルマのレポートもご覧になっていましたから」

「局長にはどこでご報告するのですか」

「毎週月曜日の朝一番、局長室です」

毎週と聞いて鷹田はさらに驚いた。

「上司にはどう言えばよろしいですか」

こういう配慮が時に警察組織では求められた。

「公安一課長への定期報告という形をとりましょうか。浜谷管理官に変に気を遣わせたくありませんから」

「早速ですが来週の月曜に会議がありますから、午前九時に私の部屋に来てください」

「何階に行けばよろしいのでしょうか」

そんな大幹部の部屋に鷹田は足を運んだことがなかったので、場所を知らなかった。

「四階です。公安一課長室は国会要覧を見れば分かりますから」

新しい楽しみが一つ増えたと鷹田は持ち前の好奇心から思った。

「ところで、実は先ほど重要な提案を持ちかけられました」

鷹田は巣鴨万造から提案されたカルマ真仙教との取引きについて語った。

「いつも鷹田さんは私を驚かせてくれますね……」

柔和な表情を一変させながら大石は目を伏せた。

「長官狙撃事件への関与を宮下は全否定しているそうですが、一連のサリン事件に関してては、カルマは一部関与を認めるような素振りを見せているのです」

それから鷹田は巣鴨の言葉を正確に思い出しながら、慎重に説明した。その間、大石は同時に深く考えるように俯いたが、鷹田が話し終えるとすぐさま卓上電話を取った。

「今、部屋に鷹田主任が来ていますが、妙な話があるんです」

電話の相手と二言三言交わしたかと思うと、大石は勢いよく立ち上がって上着を手にした。

「今から一緒に局長室に行きましょう」

「いきなり僕もですか」

大石は、鷹田が言う通り、宮下典久が今朝巣鴨万造の事務所を訪れたという情報が別のルートから局長に報告されており、局長がその情報に興味を持っているのだと言った。

警察庁警備局長室は警察庁庁舎の四階にあった。

大石に連れられて局長室に入ると、杉野警備局長は笑顔を見せた。

「君が鷹田君か……これからよろしく頼むよ」

小柄で物静かな教育者といった印象の杉野はにこやかに言ったが、眼鏡の奥の目は厳しい表情を湛《たた》えたままだった。

「大石。そんなところに突っ立っていないで、こっちにかけなさい」

「すみません」

部屋は広く、局長デスク前にある長いテーブルの前に腰を下ろした。

「ところで早速ですが、長官狙撃事件についての見立てを教えてくれませんか」

杉野は鷹田に尋ねた。

「カルマ真仙教の関与の有無については、まだ何とも申し上げられません。バッジとコイン、またテレビ局にかかってきた電話などから考えると、逆にカルマの仕業と考えるにはやり方が稚拙すぎるとは思います」

「なるほどね。地下鉄サリン事件はどう」

「あれはカルマでしょう」

「どうして？」

「松林でサリンを使ったのが予行演習だったこと、松林が裁判官を狙ったものであるのと同様に、地下鉄では霞が関の警視庁警察官を狙ったのだと思うからです」

「ただ、それなら霞ケ関駅だけでサリンを撒くのではないかな」

杉野はそう尋ねたが、鷹田は臆さず首を横に振った。

「サリンを撒かれた丸ノ内線、日比谷線、千代田線はすべて霞ケ関駅を通ります。狙いはそこだったはずですが、カルマ真仙教の連中は都心に疎く、強制捜査の前に何としても決行しようといきなり本番を迎えてしまったことで、計算違いがあったのだと考えます」

「なるほどね。面白い見解だ」

それから鷹田は、再び長官狙撃事件の犯人像について聞かれたので、朝方外事二課の氷川に聞いた話などを交えながら、意見を述べた。

「信者となった自衛隊陸自関係者の関与は否定できるかな」

「自衛隊に所属する信者は百人を超えるようですが、そのすべての人定を行ったところ、拳銃の特殊訓練を受けた経歴のある者は一人もおりませんでした」

これには大石も目を丸くしている。

「そうか。やはり狙撃犯は特別な訓練を受けた人物と断定してもよさそうだな。しかし素早い分析だ」

「平山先生から早々に人事データのコピーをいただいたので、自分のデスクで分析させていただけて助かりました」

「自衛隊の信者については分かった。ところで教団に警察関係者はいたかな」

杉野は厳しい目でじっと鷹田を見た。

大石も息を呑むように鷹田の言葉を待っている。

「はい……警視庁に二人おりました」

「なに」

さっと杉野の顔色が変わった。

「それはすでに報告したのか」

大石と顔を見合わせている。

「浜谷管理官には報告しました。一昨日の夕方ごろだったと思います」

「その二人というのは」

大石は急《せ》かすように尋ねた。

「はい、二人とも所轄の巡査で、二十代でした。管理官から人事二課に問い合わせているところでしたが、今朝の事件があり留め置かれているのかもしれません」

「それは早く確認しないと」

「人定がわかった段階で報告しようと思っておりました」

そう言って鷹田は頭を下げた。

「所轄というのは、人事データにはご丁寧にそんなことまで記載してあったのですか」

いえ、と鷹田は首を横に振る。

「住所をもとに割り出しました。所轄の単身寮が登録されていたのです。僕から寮には所在確認を入れましたが、どちらも在籍中との回答でした」

「まだ巡査なら、機密情報を持ち出すようなことはできないでしょう」

太いため息を低く吐き出すと、杉野は大きく深呼吸した。警視庁内に信者がいたことで杉野の表情は鉄のように強張っている。

「まだ安心はできませんが」

そう言った大石も腕組みしたまま宙を見上げた。

「ところで巣鴨から提案を受けたそうですね」

咳払いを一つした杉野は上体を屈《かが》めて前に乗り出した。

「はい。ご存知の通り、巣鴨は長崎洋輔の下働きをやっていた者ですが、カルマ真仙教の幹部と積極的に付き合っています」

「ええ、基本的なことは別ルートからも聞いていますよ」

それから杉野と鷹田は、巣鴨がコリアンマフィアと日本の反社会的勢力との間に入って覚醒剤のトレーダーをやっていたこと、そのうちに自ら覚醒剤に手をだしシャブ中になった過去があること、治外法権であることを利用し外国の在外大使館の入るビルで違法カジノを経営していたことなど、金の匂いに敏感な得体の知れない巣鴨万造という男の人物像について話した。

「なかなか賢い奴ですね」

「おそらく長崎洋輔が背後で糸を引いているのだろうと思われます」

表と裏の世界を仕切る壁があるなら、その壁の上を歩いているのがまさに長崎と巣鴨だと鷹田は思っていた。

「巣鴨とカルマ真仙教の幹部との繋がりについてはどう思っている」

「案外、巣鴨は本当のことを言っているように見えました」

「それはどうして」

「現在の村本正雄の地位について、早池との比較の中から鋭い分析をしていたからです」

それはカルマ真仙教の幹部たちと実際に交流のある人物にしか知り得ない情報も含まれていた。

「現在のナンバーツーは化学者の村本です。これまで以上にあの男をマークしておく必要があると思います」

それから鷹田は巣鴨から持ちかけられた話を詳細に伝えた。

杉野と大石はその内容に大きな衝撃をうけた様子で、しばらく二人とも黙り込んでいた。警察として次の一手をどう打つのか懸命に思案しているように見えた。

「巣鴨のセッティングで村本正雄から聴取をするとしましょう。どうせ聴取するのなら参考人ではなく、被疑者としてやりたいものですが、現時点では村本には直接容疑がないでしょう？」

ようやく杉野が鷹田に言った。

「薬事法違反で全国に指名手配している教団医師の森康夫を利用してはどうでしょうか」

そう答えたのは大石だった。

「森康夫はやはり重要人物なのですか」

「カルマ真仙教附属医院の責任者で、様々な薬物を密造し、信者に対して投与した疑いがあります。一方で物腰は柔らかく、優しい医師の側面もまだ残っている人物のようです」

薬物中毒で保護された信者を聴取した際のことを思い出しながら鷹田は言った。

「危険薬物を投与しながら、一方で人間味があるというのは、考えようによっては本当におかしくなっているな」

「森は主にイニシエーションで使われる薬を作っていたようです。化学班が作る、覚醒剤やサリン、洗脳に使う諸々《もろもろ》の薬剤とは別種です。イニシエーションを神秘的なものにするために、教団はＬＳＤを使っていた模様ですが、森は投与した信者の様子を医師の立場で気遣い、言葉をかけていたということでした」

「森の取調べは公安でやるつもりなんですか」

「現在の公安部の事件班では、薬事法のプロはおりませんので、防犯部の薬物対策課に協力を要請しています」

杉野はよし、と頷いて大石に退席の合図を送った。

それから局長室から出るやいなや、大石が微笑んで言った。

「杉野局長は温厚な方でしょう」

「一見優しそうですが、目が笑っていないタイプだと思いました」

「ははは。初対面なのによくそこまで観察しますね」

こうして鷹田はなんとか突然の警備局長報告を切り抜けた。

それから一旦自宅に帰り、洗濯をしてから袋に着替えを詰め込んで夜に警視庁本部に戻った。

週末も泊まり込みで仕事をするつもりだった。残念ながら地下のカプセルは満室だったので、硬いソファーで腕枕をして横になる。どこでも数秒で眠りに就けるのが鷹田の特技の一つだった。


一九九五年四月三日月曜日、新年度は慌ただしく始まった。

今日から大石が警察庁警備局公安第一課長に就任する。後任のチヨダの理事官、石原教一郎警視正とはいつ会えるのだろうか、鷹田は楽しみにしていた。

公安部の定例朝会を終えると、鷹田は言われた通り警察庁警備局長室に向かった。

部屋の前では、硬い表情の細身の男が腕組みをしながら入室のタイミングを待っているようだった。鷹田がおずおずと近付くと、不審者でも見るようにあからさまに表情を険しくした。

「おはようございます」

その時、後ろから知った声が聞こえたので助かった。大石だった。

「審議官、本日付で一課長を命ぜられることになりました」

「おう。長官は入院中だから任命者が不在だが、この事件は何としてもまとめてくれよな」

その会話から、鷹田はこの男が誰なのか理解した。警察庁警備担当審議官の玉川達夫《たまがわたつお》警視監である。

「そしてこの者が警視庁公安部の鷹田主任です」

玉川はじろりと遠慮なく鷹田を観察した。

「よろしく」

「初めまして、鷹田で……」

「話はゆっくり部屋の中で聞くとしよう」

玉川が素っ気なく言った時、秘書官が入室を促した。

局長室の応接セットの中央にはすでに杉野が着席している。

促されるままに鷹田は席についた。

すると若い男が大股で部屋に入ってくるなり四人に向かって頭を下げた。

「何だお前は」

参加を認めないとばかりに玉川が男に言った。

男はのけぞるようにしたかと思うと、大きな声で一言、

「お呼びと聞き、参りました」

と告げた。

「審議官、彼がチヨダの後任の石原教一郎です。チヨダの理事官ということで話を聞いていた方がいいかと思いまして」

大石が石原に優しい視線を送りながら言った。石原は入り口で直立した姿勢を崩さない。

「そうかそうか」

玉川が石原に目もくれず頷く。

「これからチヨダも益々《ますます》大変になるのだからね。石原、こっちに来い」

石原は「はっ」と一礼して、壁に立てかけてあったパイプ椅子に手をのばした。命じられてもいないのに応接セットに座るのが躊躇《ためら》われたのだろう。鷹田はかえって肩身が狭くなる思いで、ローテーブルの上を見つめた。

最初に杉野が口を開いた。

「先ほど警視庁から二人の警察官信者に関する報告が入りました。一人は公安係でカルマ真仙教の捜査要員に指定されていたので、至急外すよう指示を出しました」

二人ともまだ二十代の巡査だという。しかし一人は公安係にいたのなら、たとえ巡査といっても些細な情報が漏れている可能性は否定できなかった。

「今日の警察庁人事を受けて、来週には警視庁も人事異動の発令をします。大石、公安部の人事はよく見ておくように。それから懸案だったハイテク犯罪専門官だが、優秀な人物を外から招いた。出身はＪＲで、Ｓｕｉｃａの開発メンバーだと聞いている」

「いい人材を確保できてよかったですね」

大石が嚙み締めるように言った。

「萱野公安部長からの連絡では、公安部にハイテク犯罪対策室を準備します」

「この先も公安部内に残ってほしいです」

つい鷹田は思っていることを口にした。

「公安部が力を持ちすぎると、他の部との関係が変わってきてしまうからな」

杉野はそう言って鷹田の方を見た。

「先週の木曜日に話を聞いたばかりですが、その後何か動きはありましたか」

「この土日、二回にわたって巣鴨万造と会いました」

「ほう」

鷹田の目の前に座る玉川が体を前に傾けてきた。

「日曜夜の七時ニュースで放映された、録画ビデオがありましたよね」

「村本と宮下が、『一連の事件にカルマはまったく関係ありません』と言ったやつだよな」

玉川の確認に頷く。

「あの録画撮りは、都内のホテルで六時間にわたり行われたそうですが、それをセットしたのは巣鴨のようです」

「巣鴨万造によれば、幹部の中で内部分裂が起きつつあるそうです。警察は逮捕状をちらつかせることなく、カルマの危険性も考えて水面下で事情聴取の準備を進めて欲しいと言います」

「教団施設のガサ入れは終わったとはいえ、まだどこかにサリンを隠し持っている可能性はあるからな。どこで使うか分かったもんじゃない」

玉川が呟いたので鷹田も同意する。

「カルマも警察との取引きの窓口を一本化して、聴取の場所や日時を固める意思をみせているようです。またカルマと警察をつなぐ窓口は、巣鴨万造一本で行くとも述べているようです」

「巣鴨はなぜそれほどカルマから信用されているんだ」

不思議そうに玉川が尋ねた。

「長崎洋輔が間に入っているからだと思われます。カルマは昔から長崎には恩義があるのでしょう」

それから杉野は大石に向かって言った。

「県警の動きはどうなんですか」

「静岡県警も教団内に協力者を設定していますが、ステージが低い信者なので、あまり有用な情報が入っていないようです」

「今、教団内は何階級に分かれているのですか」

「尊師からサマナまで十二段階です」

「尊師の次のステージは？」

「徳師です」

そう答えたのは鷹田だった。さらに杉野は鷹田に詳しい説明を求めた。

「徳師といえば大幹部ですが、この地位に就いているのは現在、村本正雄、周防弘弥、加瀬涼子の三人です。宮下典久や早池実知昌は五番目のステージである正風師です」

教団の拡大の立役者である早池が、その後出世が遅れた理由は何だろうか。阿佐川との間に何かあったのか。鷹田にも分からなかった。

「急速に台頭してきた村本と早池との間には、今では歴然とした階級差があるのだな」

玉川は手元の資料を見ながら言った。おそらくこれほど村本が伸びてくると予想していた警察関係者はいないだろう。

「村本は教団のヘッドギアの開発などで、資金獲得に大きく貢献したことが阿佐川から評価されたといいます。それに加えて、オタク気質と思われていた村本は、意外とマスコミ対応がうまいのです。口の達者な周防と並んで徳師となったのは、この資質を買われたからと考えます」

今最も阿佐川が頭を巡らせているのは、連日のマスコミ対策だろうと鷹田は思っていた。

「阿佐川は幹部の資質を見抜いて巧みに使うのですね」

納得した様子で杉野が呟く。

「教団の幹部が対立しているなら、そこを助長する手もあると思います」

そう言った大石は持論を展開した。

「巣鴨万造と直接接点があるのは周防と宮下ですが、早池と村本はうまくいっているとは言い難いです。二人とも国立大学大学院の出身の理系と経歴は近いようですが、専門の違いが、二人の宗教観や人間観を隔てているようなのです」

鷹田も大石の意見には賛成だった。

「早池は今、面白くないでしょうね。情報提供者の岡元曰く、一時期は誰の目から見ても早池の地位は盤石だったようですから」

「村本は元々化学者気質で、大人しい性格です。人付き合いを好むタイプではなく、金や女に執着を見せません。その点俗っぽい早池とは対極にある男です。村本をどう押さえるかが、非常に大事になってくると考えます」

大石が付け加えてくれた。

カルマ真仙教にとって危機的な状況が続いているからこそ、阿佐川は早池でなく村本に期待をしているのかもしれない。

「この何年かで、これほどの集団を作った阿佐川光照には一種の特殊能力があると思えます」

鷹田は玉川に厳しく睨まれるのを覚悟で言った。

「空中浮遊とかいう超能力のことか？」

案の定玉川は怪訝そうに言ったが、杉野が取りなした。

「表現の仕方は様々でしょうから。鷹田さん、続けて」

「巣鴨が村本や宮下から聞いた話として私に語ったのは、阿佐川は初対面の人に向かって、その人の過去や親族について次々と言い当てるのだそうです」

「出家信者については詳細な人事データをつくるから、それを読んでいるのではないですか」

大石が訝しげに言った。

「あれに基づいて話している部分もあるでしょうが、解析するのもやっとのデータを記憶しているとなれば、やはり特殊能力という言葉でしか言い表せません」

巣鴨が言うには、親の出生の場面までをイタコのように語って信者を驚かせることがあったという。

「そんな千里眼を持つ者が現実にいるのでしょうかね」

懐疑的に首を捻《ひね》ると杉野は口をすぼめた。

「もっともインチキだけでは早々に底が知れてしまいますから、阿佐川は様々な宗教の用語や教義を取り入れていったのだと思います」

「カルマ真仙教の教えの中には、仏教やキリスト教、ヒンドゥー教の思想がごっちゃになっているからな」

玉川は口をへの字に曲げる。

「例えば、ハルマゲドンなどという言葉を使って不安を煽りながらこの世の終わりを演出し、西暦二〇〇〇年を前にした今が終末だと説き、予言をするように見せかけながら自作自演で恐ろしい状況を作り出すのです」

多くの新興宗教が同じような手を使って、組織を拡大させていったのを鷹田は知っていた。

「今、信者は一万五千人ぐらいですよね」

手元の資料に目を落としたまま杉野が呟いた。

「人事データに登録された、氏名が分かっている者だけです。カルマに賛同する人間はもっと増えていると思います。テレビで派手なパフォーマンスを繰り返す周防や村本のファンを自称する女性まで現れました」

「マスコミの報道を逆に利用しているのですね」

大石は頷いた。

「なかなか巧みだと思います」

ここ連日、クルタとよばれる鮮やかな青や緑の服を着た幹部たちをテレビで見かけない日はなかった。この服の色はステージによって規定されているのだ。

「テレビも彼らを出し過ぎなんですよね」

苦々しい顔で杉野がぼやき大石が同調した。

「ええ。テレビ局とのパイプを作ったのは周防なんですか」

広報担当の周防を最初にマスコミに紹介した男がいた。

「巣鴨万造です。情報提供をちらつかせながら、今度は相手が断れなくなるように恫《どう》喝《かつ》まがいのことをして、強引にねじ込んでいくようです」

「長崎といい巣鴨といい、金の匂いがするかどうかよく目端《めはし》がきくんです」

これまで石原理事官は一言も口を開かず、膝の上に組んだ両手を置いてじっと聞いているだけなのだった。

「先ほども話に出たが、最近の早池実知昌の様子はどうだ」

「阿佐川は早池に、ある程度のステージ以上の信者たちの動向を監視させているようです。怪文書が出回ったあたりからでしょうか」

「不正をする者がいるのか」

「修行に嫌気がさしたり、施設での生活が耐えられなくなった者が逃走を試みたり、金を使い込んだ奴もいるそうですから」

早池はそんな信者を阿佐川の前に引きずり出してくるらしい。

「信者は真っ青になりながら、すべて自分の罪と認め泣き喚《わめ》きながら謝罪するそうです。その後、皆揃って自発的に阿佐川の偉大さを語り、涙を流し始めると聞きます」

おそらくその信者たちは監禁や体罰など、厳しい仕打ちが待っているはずだった。

「まるで北朝鮮だな」

「独裁者による国家のようなものです」

何度か小刻みに頷いてから、杉野は話に一区切りつけた。

「しかし情報というのは、知るべき人と共有してこそ初めて意味を持つものです。鷹田君も、こうして伝える相手がいなければ、これだけの情報を持っていても活かせませんからね」

また一歩間違えば、情報が漏れて逆に足を掬《すく》われてしまうこともあるのが恐ろしいところだった。

杉野が大石の方を向いた。

「ところでカルマ真仙教は、警察の交渉窓口を一本化してくれというわけですが、鷹田君にお願いするということでいいですね」

大石は鷹田に一瞥もくれることなく頷いた。

「ただカルマに専念するのではなく、鷹田君には今後も広く動いてもらうつもりです」

「政治の動向なども含め、広く情報活動を続けさせていただければと思っております」

鷹田も頭を下げる。

その時、突如けたたましく局長席の電話が鳴った。

「おかしいな。電話は繋げないように言っておいたんだけど」

杉野は体を起こして立ち上がり受話器に手を伸ばした。

二言三言交わすうち、杉野の表情が一変する。

「……すぐに行く」

こめかみを引き攣《つ》らせ、額に血管を浮き上がらせた杉野は、そう言って受話器を置いた。

部屋にいた者は全員覚悟した。國枝長官が亡くなったに違いない。

緊迫した空気の中で鷹田の喉がクッと音を立てた。

「あろうことか刑事局長が逃げ出しました」

額に手を当てて杉野は予想外のことを言った。

「え？」

「局長、どういうことです？」

杉野の言葉に皆不可解な表情を浮かべる。

「極秘だが、大垣が幹部公舎から勝手に引っ越してしまったようだ。長官が撃たれ、自分も狙われるのではと怖くなったんだね……。なんていう男だ！　けしからん！」

突如杉野の怒声が響き、鷹田はびくりと肩を震わせ自分に落ち度があったかのように縮み上がった。

運転担当者の話によれば、刑事局長の大垣はこの週末、警察庁幹部公舎から個人宅に引っ越したというのだ。

皆が唖然とする中、杉野は次長のところへ行くと言って憮然とした顔つきで部屋を出ていってしまった。

ソファーに残された四人は顔を見合わせた。

「大垣さんも焼きが回ったな」

玉川が頭を掻きながらぽつりと呟く。

「これで察庁における刑事局と警備局の力関係が変わるね。警視庁にも影響してくることになるぞ」

それから意味ありげに笑みを浮かべて玉川が大石を見た。

「刑事部の発言力が弱まるということでしょうか」

大石が玉川を見返す。

「そういうこと。長官狙撃事件は刑事部から引っ剝《ぺ》がされ、公安部がやることになるかもしれんよ」

さらに大変な仕事が振ってくるかもしれないと鷹田はため息を吐いた。この分だと家に帰れるのはだいぶ先になりそうだ。

「長官もどちらかと言えば刑事畑だから、これを聞いたら悲しむだろうね」

「ですが長官は公安部長の経験もありますよね」

すかさず鷹田が言った。

「そう、外事が得意分野だった。特に北朝鮮問題は非常によく勉強されていたよ」

それと事件の遺留品とに関係はあるのだろうか。そう鷹田が考え出したとき、再び玉川が口を開いた。

「ま、その時はその時だ。そうだ大石、お前はもうすぐ氏名申告だろう」

「その予定ではありますが、こんな状況でできるのでしょうか」

苦笑しながら大石は肩をすくめた。

「組織にとって人事異動は最優先事項だからやるさ」

すっと立ち上がった玉川に続いて皆も起立した。

「また話を聞かせてくれ」

誰にともなく玉川はそう言い放つと、部屋を後にした。


鷹田が自席に戻ったところで、今度はチヨダの平山先生から電話が鳴る。

今まさに新任校長の石原と警備局長室で同席していたと平山に告げるべきか迷ったが、ここは伏せておくことにした。石原とは挨拶をしていないので、鷹田が何者なのか分からなかったかもしれない。石原が一言も意見を言わなかったのは、案外自分の存在を気にしていたからかもしれなかった。

「長官狙撃に使用された銃と弾が分かりましたよ。科警研からの報告で、回転式拳銃コルト・パイソンに、三五七マグナムのホローポイント弾だそうです」

ホローポイント弾は、体内に入ると弾頭が傘のように広がるよう加工されており、非常に大きな殺傷力を持つ。この弾を用意するあたりがプロ中のプロだといえた。

「特殊な弾ですね。カルマの連中で、この弾を選ぶような軍事オタクはさすがにいないでしょう」

拳銃についていえば、コルト・パイソンはアメリカでは犯罪に使われることが少なくなかったが、日本のヤクザの間ではほとんど流通していなかった。

「外事の線が濃くなってきたということでしょうか」

翌四月四日午前、長官狙撃事件の特別捜査本部を公安部が仕切ることが正式に決まった。

鷹田の予想と違ったのは指揮官の人選で、捜査本部長は熊本参事官ではなく、キャリアの東参事官になったという。捜査はうまくいくだろうか、鷹田の口から自然とため息が漏れた。


それから鷹田は警察庁の公安一課長室に向かった。

四階の廊下で鷹田が右往左往していると、

「こっちですよ」

新任課長の大石に手招きされた。

大石に仕えることになった理事官らしき人物が、鷹田をじろじろと探るような目で見る。視線を気にせず澄ました顔で、鷹田は初めて入る部屋の前で軽く頭を下げた。

「狙撃事件、公安部がやるそうですね」

「公安総務課に新しいセクションを作って、所轄から捜査経験がある公安係員を数十人引き上げると聞きました。そんな間に合わせの仮設チームでできる捜査とは思えませんけどね」

鷹田には特別捜査本部への招集命令は出なかったことにほっとしつつも、ここで大きなミスをすれば、今度こそ公安警察の信用は失墜するだろうと思った。

「ところで、指名手配中の医師の森康夫は、現在北陸に逃げているようですよ」

森の居場所が分かったのだろうか。

「捜査一課が令状請求したら、すでに公安部にお札を出していると分かり、おやっとなったそうです」

大石はおかしそうに笑った。

「森は公証役場の拉致事件の実行犯の、長野剛と一緒に逃げているという情報もあります。先月末、長野や治療省の部下らと共に高飛びして、北陸方面に身を隠しているようです」

「長野と逃げたということで、犯人隠避《いんぴ》の罪名で現行犯逮捕される可能性もあるわけですね」

「拉致事件は二月末ですから、事件発生からだいぶ経っており被害者の身柄の確保が何よりも大事なんですけど、そのためにも被疑者を捕まえたいですね」

いまだ世田谷公証役場事務長の行方は知れなかった。捜査一課も焦っていることだろう。

「それとたった今、入った情報があります」

大石課長からクリップで端を留められた資料を渡された。

そのタイトルを見るなり鷹田は目を丸くし、急いで冒頭の数行を読んだ。

「また……これが出たんですか」

それは第三の怪文書だった。

「『松林サリン事件に関する一考察』と同じ文体ですから、作成者も同じような気がします」

教団内にいると思われるこの文書作成者は、警察に捜査のヒントを与えることで、教団の凶行に歯止めをかけようとしているのだろうか。

「内部告発ですね。教団内に裏切り者がいるということです」

正体は早池実知昌ではないかと鷹田は思っていたが、いまひとつ確証は持てずにいた。怪文書作成者を聴取することができれば、松林サリン事件や、阪上弁護士一家失踪事件の全容がわかるはずである。

鷹田はコピーをめくり、全体にざっと目を通した。

「阿佐川は石川県の輪島近くの街に潜伏していると書いてありますね」

幹部たちは皆で行動しているのだろうか。それでは目立つはずだが、何かあった時、最後は身を挺して阿佐川を守るつもりかもしれなかった。

「まだ石川県警には伝えていません」

「うちの捜査一課には伝達済みなんですか」

「ええ、捜一にはコピーは送っておきましたから」

早晩、身柄が確保されるかもしれない、鷹田はそう思った。

「それにしても大垣局長はどうしてあんな行動を取られたんでしょうか」

これまでさして悪い評判を聞く事がなかった刑事部の親玉が、なぜ敵前逃亡しなければならなかったのか、今ひとつ理解できなかった。

「思い当たる節があるとすれば、パチンコ絡みですかね」

大石の意見に鷹田は膝を打つ思いだった。巣鴨万造も、長官狙撃事件の犯人像を北朝鮮系のパチンコ関係と言っていた。巣鴨の話を聞いてから、鷹田はパチンコ業界と北朝鮮との関係を独自に調べていた。

「国内のパチンコ業界で北朝鮮系と言われるのは三、四割と言われており、年間約百億円の金が毎年北に流れている模様です」

「昔は北に今の十倍ぐらいの金が流出していると言われていたんです」

大石はどうやらこの業界について詳しいようだった。

「少し前ですが、国家公安委員長が警察庁の幹部人事案に対して異例のクレームをつけ、予定されていた人事異動がストップしたことがありましたよね」

大石は言った。

「ありましたね」

「その理由をご存知ですか」

「クレームをつけられたのは、当時警備局長だった城山《しろやま》さん、というぐらいしか知りません」

城山は國枝の前の警察庁長官である。

「当時政界では、パチンコ業界との癒着疑惑が持ち上がっていました。パチンコ業界から莫大なヤミ資金が北朝鮮に流れ、その見返りに政治工作が行われたと」

鷹田には知らない話だった。

「その国家公安委員長は当時、与党の国会対策委員長で、疑惑追及のため警察庁に協力を求めたそうです。城山警備局長はパチンコ業界に多数の警察ＯＢが天下っていることを理由に協力を拒否されたんですよ」

鷹田は思わず顔をしかめた。

「国対委員長はそれから国家公安委員長になりました。ずっと城山警備局長に対して敵意を持ち続けていたのでしょう。前長官の城山さんと、大垣局長は同じ浜松人脈でしたから」

浜松出身者の人脈は警察庁でそれなりの存在感があった。

一方、城山から長官の地位を引き継いだ國枝は、外事に強く、北朝鮮に対しては厳しい姿勢を貫いていた。

「そうそう、鷹田さん。第一サティアンにあった金のインゴットですが、北朝鮮ルートで入ってきたものという鑑定結果がでています」

「そうでしたか。やはりカルマと北のパイプはかなり太いものがありそうですね」

大石は鷹田に、この両者の関係について裏を取るように指示を出した。

早速鷹田は北朝鮮の動向に詳しいジャーナリストの松見《まつみ》泰《たい》にコンタクトを取った。時間を作れるというので一時間後に有楽町で落ち合うことにした。

「鷹さん、長官狙撃事件で今バタバタなんじゃないですか」

薄暗い喫茶店で松見はタバコを吹かしながら言った。

「僕が捜査本部に入ることはないから」

「でも捜査は公安部でやるそうじゃないですか」

「情報が早いな」

松見はにやっと笑った。このジャーナリストは以前、化学プラントがある第七サティアンの内部に入っただけでなく、内部の写真撮影までやってのけた男である。

「捜一の知り合いから聞いたんです」

「その知り合いは、何の捜査をやっている人?」

「世田谷の拉致事件らしいです。この前のガサ入れで何も出てこなかったので、だいぶがっかりしてましたよ。拉致された事務長、今頃どうしているんですかね」

鷹田にも何とも言えないことだった。クスリ漬けにされている可能性もある、ふとそんなことを思ったが口には出さなかった。

「ところで松ちゃん、どうしてサティアン内で写真オーケーだったの」

「岡広組の口利き」

「へえ、繋いでもらったんだ」

「ちなみに上十条に行った時、マスコミにバラまかれた怪文書を持って行って、教団の案内役に見せてやったんです。そしたらそいつ、どんな反応をしたと思います?」

松見は灰皿にタバコを押し付けながら言った。

「びっくり?」

「いえ、笑われた」

「どうして笑うの」

「なぜ私たちがサリンのような毒薬を作らなければならないんですかって。それで私が聞いたんです、ではこれだけの施設で何を作っているのですかと。自然農法に極めて近い特定農薬です、という答えでした」

農作物の防除に使う薬剤の中で、安全性と薬効が明らかなものを特定農薬と呼ぶ。

「第七の臭いはどうだった」

「すごく嫌な臭いですね」

第十サティアンの隣にあったジーダー棟と同じ、「嫌な臭い」なのだろうか。

「そういえば私、最近サリンについてアメリカのアッカーマンという化学者と話す機会があったんですよ」

松見は続けて言った。

「アッカーマンによれば、サリンはそんなに大規模の工場でなくても作れるらしいですよ。第七の工場はやたら大きかったので、それを聞いて『サリンプラント』というのは嘘なんじゃないかと思ったほどです。実はダミーだったりして」

「第七に注目を惹き付けておいて、実は違う、ということか」

村本正雄ならそれぐらいのことを考えるかもしれない。

「あそこは見せかけの工場かもしれません」

その可能性を完全に否定することはできなかった。

「知り合いの新聞記者の話では、捜一は上十条のサティアンに保管されている化学物質の量を少なく見積もりすぎていたようですね。購入済みのサリン原料の一つ、三塩化リンの量が半端なく、度肝を抜かれたとか」

公安部は常に最悪のケースを想定するよう訓練を受けている。サティアンに踏み込む際も、信者から攻撃を受け戦闘状態になることまで考え、浜谷は準備をしていたはずだ。そう鷹田が言うと、

「ええ、捜一も戦う準備はしていたそうです。戦闘マニュアルをちょいと拝見しましたよ。所有しているヘリコプターを使う可能性とかなんとか」

にたりと松見は笑って、またタバコに火をつけた。

上十条村の施設内には、教団がロシアから購入した輸送用ヘリ「ミル一七」があるという情報が入っていた。ただし、一機種免許が必須のミル一七を操縦できる信者がいたかどうかは不明だ。もっとも信者の中には、習志野の第一空挺団出身者がいたの

だから、彼らの中には扱える者がいるかもしれなかった。

「松ちゃん知ってる？　信者の中に自衛隊の空挺団関係者がいっぱいいたんだ」

「ちらっと聞いたような。どのぐらいいたんですか」

「百人以上」

遥かに予想を超えていたらしく、そらまずいわ、と松見は呻いた。

「彼らの多くは純粋だからな。ネズミ算式に増えていった可能性が高い」

「空挺団というのは、ヘリからの戦闘降下が専門の部隊ですよね」

「ああ、だから攻撃には慣れていても防御には向かない。カルマ真仙教は将来的に戦闘部隊を作ろうとしていたのかもな」

「やっぱりカルマはやる気だったんですね」

鷹田は同意した。

「長官狙撃の件だけど、松ちゃんは何か聞いている？」

松見はふーっと鼻から煙を吐き出しながら頷く。

「北のプロを雇った話のこと？　カルマが薬を作っていたのは警察も知っていますよね」

「岡広組に流れていたんだろ」

「ビンゴ。プロを雇ったという話は、岡広組のある幹部から聞いたんです」

それは本当か。内心驚いたが、不敵な笑みを浮かべる松見に鷹田は澄ました顔で言った。

「何となく誰に聞いたか見当はつくよ」

「やだな、鎌をかけないで下さいよ。それを言ったら私の首が飛んでしまう」

「武闘派の組を率いる中心人物じゃないのか」

松見が一瞬口をすぼめるのを鷹田は見逃さなかった。これでだいたいの見当はついた。

鷹田はふと岡広組若頭《わかがしら》、尾上立道《おのうえたつみち》との出会いの場面を思い出した。

「そいつは今、経済ヤクザとしても頭角を現して来た人物だろう」

今度は余裕の表情を浮かべて松見は微笑んだだけだった。

「宗教団体との太いパイプを持っている切れ者だな、松ちゃんが奴なんかと情報交換しているとはね」

「まあまあ。なんでも、この幹部の直系のフロント企業社長の銀行口座に、カルマ真仙教から五億近い金が払い込まれたって話ですよ」

「いつの話だ」

見過ごすには大きすぎる金額だった。

「地下鉄がやられた数日前のことです。預金小切手をもらったと聞きましたから、カルマの口座を調べればわかるかもしれませんねえ」

「その五億で岡広組は北からスナイパーを呼んだのか」

「いえ、それは直接の依頼金ではなく、岡広組が北との間の商売をうまくやっていくための支援金のようなものらしいです。結局は同じことですけど」

松見曰くフロント企業の社長が、あれはカルマの金だと岡広組幹部にもらしたらしかった。

「その五億がすべて北に流れたわけではないだろう」

「そりゃそうですよ。それでは岡広組にうま味がありませんから。殺し屋に支払われたのは一割がいいところじゃないですか」

「五千万円で暗殺を請け負ったということか」

北の人間にしてみれば大金だろう。松見の話が本当なら、カルマ真仙教はやはり間接的に長官狙撃事件に関わっていたということになる。

「ただカルマが本当に五億も出して長官の命を取ろうとしたのか、ちょっとピンとこないんだが」

「五億も？　いや、彼らにしてみりゃ決して高い金ではないですよ。あの教団の総資産は一千億をくだらないんですから」

「一千億？　それはまた随分壮大な話だな」

いよいよ松見の言う事は話半分で聞いておいたほうがよさそうだと思った。

「カルマの幹部が言っていた額です」

「その辺りの話をもうちょっと聞き出してもらえないか」

「オーケーです……」

松見は冷めたコーヒーを啜ってから、再びタバコに火を点《とも》す。

「本当にカルマはどうなるんですかね。大それたことをやってしまったために、自分たちの身の危険も高めてしまったわけで」

「警察としては、何よりもまずは証拠固めをしなければならない。重要人物を早く引っ張ってだな」

すると松見が肩を揺すりながら笑い出した。

「いや、ヤクザからすれば『お前ら、まだ捕まるなよ』ってところでしょうね。もう少し俺たちに甘い汁を吸わせてからブタ箱へ行けって」

その観点があったかと鷹田は感心しながら聞いた。

「あの教団は馬鹿じゃありませんから、警察の捜査の手が迫っていることぐらい先刻承知しているはずです。大金の動かし方、隠し方ぐらい考えているでしょう。無記名債権にするとかね」

無記名債権は反社会的勢力、宗教関係者、パチンコ経営者、ラブホテル経営者などの間で脱税目的で悪用されているという。

「マネーロンダリングにも使われる無記名債権か」

「それともう一つは金《きん》です」

「金？」

「金のレートは現在が底と言われていますから、保管場所を確保できるのなら、現金を金の延べ棒にしておくのが賢い方法かもしれませんね」

鷹田は第一サティアンの耐火金庫に入っていた金塊を思い起こした。

松見と別れてから、鷹田はコリドー街から少し歩いたところにある、裏道の公衆電話ボックスに入った。

「桜田商事の鷹田です。若頭の尾上さんと話をしたいのですが」

電話に出た若い者にそう告げると、すぐに尾上に代わると言って保留になった。し

ばらく待っていると、

「鷹田さんか、久しぶりじゃないか。今、大変なんじゃないのかい」

おもむろにどっしりとした尾上立道の声が聞こえた。

「おかげさまで、ここ最近は家に帰ることもできません」

「あなたと初めて会ったとき、あなたはカルマ真仙教の話を私に聞きたがったな。今ではあの頃と状況が全く変わってしまったが。察庁の國枝長官を狙ったのも奴らなのかい」

「まだ何とも言えません。実はその件で少しお伺いしたいことがあります」

「ほう？　間違ってもうちじゃないぞ」

豪快に笑い飛ばしてから尾上はぼそりと呟いた。

「そんなことをしたら組織が潰れるからな」

鷹田を牽制するような凄味《すごみ》のある重低音が耳に響く。

「ただ、岡広組の下部組織が、カルマ真仙教からの依頼を受けて、北の殺し屋を送り込んだという情報が上がっています。カルマからそちらに渡った金は五億で、銀行から預金小切手で支払われたそうですが」

「銀行が発行した持参人払式小切手ということか。カルマ真仙教は特定の銀行を持っているのか？」

とくに鷹田の発言に驚くこともなく、尾上は何ら変わらぬ調子で尋ねた。

「まだ何とも言えません。第三者が介入している可能性もあります」

「そうだろうな。最近、私もあの教団の内実をいくらか聞いたんだ。総資産は一千億を超えているようじゃないか。悪事を働いたってなかなか作れる金じゃない。恐れ入ったよ」

鷹田は尾上が松見と同じ金額を言ったことに驚いた。二人の情報源が同じ可能性が高い。

「一千億円はややオーバーではないかと思いますが」

尾上にもう少し喋らせるために鷹田はあえて尋ねた。

「少し話は逸《そ》れるが、今年北朝鮮は深刻なコメ不足だという」

何か話の順番でもあるのだろう。尾上は意外な話題に切り替えた。

「そのようですね」

一体尾上が何の話をしようとしているのか鷹田には見当が付かなかった。

「人道的配慮ということで、政府は北朝鮮に対して密かに有償で三十五万トン、無償で十五万トンのコメを支援したことは知っているかな」

「えっ」

「そしてこれから数度にわたり、食糧支援を行っていくことが決まっている。しかもその実施時期、物資の品目や量は、向こうの言いなり。日本政府はすべての支援について一切の条件や要求を付けないという約束だそうだ」

どうして日本はそこまで北に対して低姿勢でなければならないのか。

「理解できませんね」

鷹田は憤りを覚えるのだった。

「もっと面白い話がある。それらの支援物資をどうやって北に届けていると思う」

「新潟の港から輸送船に載せているのではないのですか」

「そう思うだろう。でも実際は日本のあちこちの港にコメを集めて、それを北の船が回収して回っているんだよ」

「そんな馬鹿な……」

北朝鮮の船を安易に日本の港に入れるのは防犯上決して望ましいことではない。

「それが今の連立政権なんだよ。うちの地元の衆議院議長も、政権と仲良くしているらしく、その見返りとして政治工作資金が提供されたんだとさ」

尾上の広範な知識に鷹田は驚くばかりだった。

「北朝鮮と退《の》っ引《ぴ》きならない関係にあるのはパチンコ業界だけではないのですね」

「彼らと癒着している業界で知られている、在日朝鮮人の五箇条のご誓文ともいわれる既存特権を知っているだろう」

以前、パチンコ業界を調査している時、鷹田はその存在を知った。
一　朝鮮商工人のすべての税金問題は、朝鮮商工会と協議して解決する。
二　定期、定額の商工団体の会費は損金（必要経費）として認める。
三　学校運営の負担金に対しては前向きに解決する。
四　経済活動のための第三国への渡航費用は損金として認める。
五　裁判中の諸案件は協議して解決する。
というものだった。

「ひどい話ですね」

「これによって、在日朝鮮人の経営する店舗は、日本の税務署と直接税金について協議する必要がなくなった。ほとんどあらゆる金の使途はチェックされずに済むというわけだ」

「全部損金で計上すれば、税金を払わないでいいわけですか。さぞや脱税も簡単でしょう」

この、いわば既得権益が守られているのは、これに賛同する国会議員がいるからである。

「アメリカの有力紙は、日本の北朝鮮系国会議員をパチンコ・ソーシャリストと呼び、名指しで非難していた。日本のマスコミもしっかりしてもらいたいね」

尾上の情報力に鷹田は頭が下がる思いだった。

「ところで鷹田さん、今の話でカルマ真仙教と北朝鮮の関係が見えて来たかな」

「どういうことですか？」

慌てて鷹田は頭を懸命に巡らせた。

「日本の方々の港に入った北朝鮮の船は、政府とお約束したコメや缶詰だけを大人しく積んで帰ると思うかい」

「あっ……！」

「北朝鮮が欲しいのは、食い物や生活物質だけではない。サリンのような化学兵器や原発建設の知識、ロケット技術も欲しいだろう。カルマ真仙教の信者の中には、優秀な化学者や、宇宙開発事業に関わっていた専門家がうようよしているじゃないか」

カルマ真仙教は北朝鮮を裏から支援しているというのだろうか。

「するとコメにまじって、例えばサリンなどが北に持ち込まれた可能性があるわけですね」

警察としても見過ごせないことだった。

「そうだな。日本中の港に北朝鮮の船を入れたりなんかするからだ。ところで北朝鮮に送ったコメの総額はどのぐらいと思うかな」

「在庫米であれば四百億円くらいですか」

いいや、と尾上に即座に否定される。

「在庫米といっても、政府が税金で買い上げたコメだ。安いタイ米やアメリカ米ではない。ざっと一千億円だよ。慈悲深い日本政府は北朝鮮で餓えにあえぐ市民に飯を送ったつもりでいるかもしれないが、市民の腹は本当に膨れたんだろうかね。一千億……ほら、どこかで聞いた金額だろう」

尾上にそう言われれば、カルマ真仙教は北朝鮮との取引きで莫大な金を得ている可能性が見えてきた。

鷹田は電話を終えると、公衆電話ボックスの中にへたり込みそうになった。警察はまだ一部の情報しか得られていない、そう認めざるを得なかった。反社会的勢力の幹部から重要情報を教えられているようでは情けない。

北朝鮮にとってカルマ真仙教は大事な取引き先なのかもしれない。長官狙撃事件は、カルマ真仙教ではなく、カルマ真仙教を守ろうとした北朝鮮の仕業だったと考えてみることもできるような気がした。言葉通り援護射撃だと。

そしてその間に入って金を毟《むし》り取ろうとする者たち……それは巣鴨万造か、そのバックにつく長崎洋輔か、反社会的勢力か。

鷹田はあり得そうなことについて懸命に頭を巡らせた。

四月七日、大石公安一課長から有力情報がもたらされた。

「公証役場事務長の拉致事件が解決に向けて大きく進展しそうです。被疑者の長野剛とその逃亡を助けていた自治省次官の江間《えま》、治療省の矢野《やの》が石川県警の職質を受けて逮捕されました」

カルマ真仙教信者初めての逮捕者である。

「やりましたね……！　矢野が逮捕されたのなら、森康夫も近くにいるでしょう」

鷹田が言うと、大石は期待を込めた表情で頷いた。

矢野の供述から、森は信者の逮捕現場から遠くない石川県堤野町の貸別荘を偽名で契約し潜伏していたらしかった。森は長野剛の顔を整形し、指紋除去手術を二度行っていたことも明らかにされた。

石川県警は直ちにこの貸別荘に踏み込んだものの、森は逃亡した後だった。

「マスコミに逮捕情報を流すのが早すぎますよ」

鷹田は苛立ちを隠せなかった。森はテレビをつけて仲間の逮捕を知り、慌てて逃げ出したのだろう。

「信者の逮捕第一号ですから、石川県警としては手柄を誇りたかったのでしょう」

大石に宥《なだ》められると、鷹田も確かにその気持ちが分からないでもなかった。

貸別荘から逃亡したとはいえ、まだ近くにいるだろうという読みのもと、石川県警はその周辺を中心に聞き込みを強化した。

そのかいあって翌八日、森の逃亡劇はついに幕を下ろすことになる。

森は仲間信者と逃走するところを職務質問された。逃走に使用していた自転車が盗難車であることが発覚、あえなく現行犯逮捕となった。罪名は占有離脱物横領容疑である。

早速捜査一課は、森を犯人隠避の容疑で取調べ始めた。

数日前には、教団商務省大臣の峰山《みねやま》が警察官に対する公務執行妨害容疑で、防衛庁長官の諸積《もろづみ》も建造物侵入容疑でそれぞれ逮捕された。

サティアンへの捜査も断続的に続いており、とくに第二、第六、第七、第十サティアンには連日五百人態勢で捜索差押が行われた。

四月十二日には古株の幹部で自治省大臣の新間智行が逮捕された。新間は阪上弁護士一家や教団信者ら二十六人もの殺人に関与したとされる。

教団の幹部逮捕の一報が入るたびに、鷹田は身が引き締まり奮い立つような気持ちになった。これからの取調べでカルマ真仙教の全貌が立ち上がってくるだろう。

二十日には教団発展の立役者であり長く阿佐川を側で支え、一時期は信者のトップであった早池実知昌がついに逮捕となった。

こうして捜査は怒濤の展開を迎えた。

早池実知昌の逮捕は、教団内にも衝撃が走ったのではないか。そう鷹田が思っていた矢先、案の定というべきか巣鴨万造から電話が入った。

すぐに会って話がしたいという。おそらく教団側から巣鴨は何かを託されたのだろう。

鷹田はすぐに新宿の事務所へ行った。一人応接ソファーに座っていた巣鴨万造は神経質そうに貧乏ゆすりをしている。

「早池を捕まえたんだな」

ぎょろりと鷹田を見て巣鴨はぼやくように言った。

「あいつはかつてほど権力を持っていませんし、今やもう阿佐川に近い存在でもないと思います。相当な数の事件に関与しているでしょうから、これから一つ一つ潰していきますよ」

不敵な笑みを湛えながら鷹田は言った。

「阿佐川の行方はまだわからないのか」

警察がどこまで阿佐川に迫っているのか、巣鴨は確かめようとしている。

「近々分かると思います」

鷹田はきっぱり言った。

教団が恐れていることは何か、鷹田には手に取るように分かった。警察は阿佐川の身柄も捕るつもりでいるということに警戒心を高めているのだ。

巣鴨は貧乏ゆすりを続けながら、口元を固く締めて考え込んでいるようだった。

「なあ鷹田さん」

おもむろに巣鴨は言うと、冷たい顔を鷹田に向けた。

「実はな、教団は村本正雄を差し出してもいいと言っているんだ」

「差し出す？　どういう意味ですか」

咄嗟のことで鷹田は聞き返すのが精一杯だった。

「村本は今や教団のナンバーツーで、二つのサリン事件を指揮した張本人だぞ」

「その村本を警察に捕らえてくれと教団は言うんですか？　まだ村本に対する容疑は固まっていません」

衝撃の取引きを持ちかけられた鷹田は慄然とした。

「あいつは人のいい化学者のような面《つら》をしているが、いつしか殺人兵器の製造にのめり込みだし、阿佐川の知らないところで使用するまでになった凶悪な男なんだ」

巣鴨はさかんに村本が極悪人だと罵《ののし》った。

「まだ関連被疑者から供述が出ていないので、その辺りの裏も取れていません。カルマは村本を差し出す代わりに、何をこちらに呑ませたいのですか」

目を細めて巣鴨は鷹田に顔を近づけてくる。

「阿佐川の身柄は捕らないでもらいたい。警察が阿佐川の身柄を捕るとなれば、教団に残っている連中が何をしでかすかわからない。これは単なる脅しではないのは、分かっているだろう」

老獪《ろうかい》な巣鴨の駆け引きに簡単に乗るわけにはいかなかった。

「またサリンを撒くと言いたいのですか」

「そうなったら止められん」

また警察の落ち度になると高圧的に言われているような気がした。

「警察がそんな取引きを認めると思いますか」

鷹田も心中を読まれないように無表情で言った。

「認めるも何もそうしないと非常に困ったことになるぞ」

「誰が困るのですか」

「言わなくてもわかるだろう。一番困るのは攻撃を受ける罪のない人々だよ」

鷹田は黙っていた。

すると巣鴨が再び貧乏ゆすりを始めた。

「この判断は一刻を争う……警察次第だ」

「しかし、阿佐川の話を聞かないことには、この事件はまとまりませんよ」

それは鷹田の率直な意見だった。

「その時は臨床尋問でもいいから、任意でやってもらいたい」

「僕の口からは何とも言えないですね」

「この話をできるのは、信頼できるあんたしかおらん。なあ鷹田さん」

巣鴨は眉を寄せて鷹田を哀れむような顔を作った。

「言いたくないが、教団幹部は、警視庁公安総務課警部補の鷹田正一郎のことを実によく調べているんだ」

あまりの恐ろしさに鷹田の肌が粟立った。

「僕のことを……」

自分などこの大捜査の中では、ただの一捜査員にすぎない。教団からマークされているとすれば、それは想像だにしないことだった。

「阿佐川の身柄を捕れれば、あんたの命だってどうなることか」

鷹田に身の危険をちらつかせてまで、この話を呑ませようとする巣鴨は明らかに必死だった。

「國枝長官のように、僕がヒットマンの的になってしまうということですか」

「だからあれはカルマ真仙教ではない。それは断言できる」

信用してくれとばかり大きく頷いて、まっすぐ鷹田を見つめる巣鴨は、やはり長官狙撃事件についても、もう一段深い情報を持っているに違いなかった。

「もう一度よく考えてみてくれ。村本さえ捕まえれば、新たなサリンはできないんだよ。もう化学兵器を使った無差別テロは起きないだろう。そして阿佐川光照は教団を平和な宗教団体に戻す約束をするはずだ」

新興宗教というのは、教祖が生きている限りは教祖が絶対的な力を持ち、教祖の意思ひとつで方向性を変えることはできるはずだ。

「阿佐川は誰と約束するのでしょう」

「警視総監でも内閣総理大臣でもいい。その約束を守らなければ、今度こそカルマ真仙教が滅ぶことぐらい阿佐川にだって分かるはずだ」

巣鴨はなぜこれほど切羽詰まったように言うのだろう。鷹田は巣鴨の目を覗き込んだが、その目からは何も読み取れなかった。

「分かりました。話を持ち帰って上に伝えます」

「時間がないんだ。早めに回答をもらいたい」

苛立たしげに巣鴨は言った。

「阿佐川は雲隠れしてしまったようですが、巣鴨さんは阿佐川本人と間違いなく連絡がつくと思ってよろしいですか」

「ああ、数時間のうちに連絡はつく」

巣鴨は断言すると、背中側に潜ませていた封筒を取り出した。

「時間がないというのは、阿佐川の体調が悪いんだよ。教団としては早く治療に専念させたい」

差し出された封筒の中には、カルマ真仙教附属医院が作成した阿佐川の診断書のコピーが入っていた。日付は四月一日となっている。

診断書には「肝硬変、Q熱、慢性心不全、心内膜炎の疑い、皮膚炎」とあり、約一ヵ月の治療と安静が必要であると記されていた。

鷹田は診断書のコピーを胸ポケットに入れると、事務所を後にした。

それから一時間後には、鷹田は大石公安一課長とともに警察庁警備局長室にいた。

「巣鴨がそんなことを言ってきましたか。教団は阿佐川を守るために、村本を警察に差し出すというのですね。村本を切ったら、次は誰がナンバーツーの座に就くと思いますか」

杉野警備局長は鷹田の顔を見て尋ねた。

「今メディアに出て顔を売っている周防でしょうね」

周防弘弥は連日のようにテレビに出ては、大げさなパフォーマンスを繰り返していた。

「周防は確かに話術は巧みかもしれませんが、実質的には教団に何の貢献もしていないように見えますけどね」

今ひとつ納得できないという顔つきで杉野は小首を傾げた。

「自分の恋人を阿佐川に差し出して忠誠を誓ったことで、周防は阿佐川から信頼を得たようです」

岡元から教団内の入り組んだ男女関係については聞いていた。

「阿佐川はその時々で側近を替えますよね。奴なりの組織運営のやり方なのでしょう」

大石が付け加えるように言った。

「阿佐川にとって村本は、サリンができたら、もうお役御免という程度の男なのですか。もっと働かせることもできるでしょう」

逆に、阿佐川は村本ならどこに出しても最後まで口を割らないと思っているのかもしれなかった。

「幹部が次々に逮捕され、最初は皆頑張っていますが、取調べが進めば喋り出す奴もでて来ると阿佐川は考えていると思います。その時、何か重大なことが証言され一気に自分の身が危なくなる前に、絶対になんとかしたいのでしょう」

鷹田は直接幹部信者の取調べを行っていなかったが、彼らの態度については漏れ伝わってきていた。

「とある者から聞いた話によれば、村本はこんなことをうそぶいていたそうです。警察は第七サティアンをサリン工場だと断定しているが、地下鉄で使ったサリンはあそこで作ったわけではない、と。たとえ逮捕者が出ても、証拠が出てくるはずはなく、公判で無罪になると豪語していると言います」

大石は小さく舌打ちをした。

「捜査本部が第七サティアンをサリンプラントと位置付けていることを、そもそも村本はなぜ知っているのでしょうね」

たしかに大石の指摘の通りである。

「またこちらの動きが村本に筒抜けだということですか？」

深くため息をついた杉野だった。

「最近の村本の台頭に嫌気がさしている人物がいるかもしれません。昨日報道カメラの前で村本は、カルマ真仙教はあたかも阿佐川と自分が両輪で回している、とでも言うような驕《おご》った発言をしたそうです」

村本曰く、阿佐川は知性は高いが高等教育を受けていないので、科学的な知識は素人であり、教団を存続させていくため、産業面は自分が担わなければならない、といった主旨のことを言い、周囲を驚かせたようだ。

そして杉野は鷹田が手渡した阿佐川の診断書をしげしげと眺めた。

「信憑性のほどは分かりません」

「日付がエイプリルフールですからね」

診断書を投げ出すようにテーブルに置いてから、杉野は鷹田の顔をじっと見つめた。

「さて本題ですが、今回の申し入れをどう思いますか」

巣鴨の話を聞いてからずっと、この質問にどう答えるべきか鷹田は頭を巡らせていた。

「仮に村本を差し出されたとしても、現時点では身柄を拘束できる材料がありません。ただ、サリンの他、ＶＸなど教団が製造してきた薬物についての情報を一緒に出すなら、一考の価値があると僕は思います」

「一考の価値、ね」

杉野は静かに言った。

「これ以上、化学兵器を使用した事件を起こさせるわけにはいきません。さらに大きな事件を起こす可能性について奴らは否定しないでしょう」

巣鴨の言っていたこともあながち間違ってはいないと思った。

「警察は彼らの要求を呑むべきと、あなたは考えるのですね？」

言い方こそ丁寧だが、杉野の表情は険しいものに変わっていた。

鷹田は一瞬考え直すべきかとも思った。助言を求めるように大石の方をちらりと見たが大石は何も言ってくれない。

ここは自分の考えを素直に述べればいいのだ。鷹田は意を決して答えた。

「はい。国民の生命身体を守ること、国民の安全確保が第一だと思います」

杉野は視線を落として口元をきつく締めたかと思うと、鬼の形相で顔を上げた。

「鷹田！　お前そんな考え方じゃ駄目だ！」

杉野は青筋を立てて激昂し鷹田を怒鳴りつけた。

「公安警察が犯罪者の要求を呑んでは駄目なんだ！　公安警察は政治家じゃない。犯罪者と取引きをして、将来に禍根《かこん》を残すようなことをしたら終わりなんだ。覚えておけ！」

その口調に圧倒されて鷹田は息をすることもできずに全身を硬直させた。

警備局長室は静まり返った。

「鷹田さんの思いは、まったく的外れというわけではありませんよ。しかしトカゲのしっぽ切りでは、この大事件は終えられませんよね。ケリをつけるには、やはり阿佐川を引っ張らないとだめなんですよ。その前段として、杉野局長が言われた通り、公安警察が相手の要求を聞いたら負けですね」

大石も鷹田に教え諭すように穏やかに言った。

それでも鷹田は顔を上げるのが恥ずかしく、どこか口惜しくもあったので、俯いたまま何も言わなかった。

「鷹田さん、基本を忘れてはいけないですよ」

杉野が普段の口調で言ったのを受けて、再び大石が口を開いた。

「これから鷹田さんは現場の指揮官として学ぶことになります。サクラの講習に行けば咄嗟の時に何をどう判断すべきかを叩き込まれると思います。公安は逃げては駄目なんです。攻め続けなければ公安ではないのですから」

「公安は絶対に敵に隙を見せてはならないんです」

二人が懸命に鷹田に伝えようとしていることが何か、うっすら分かった気がした。

杉野に背中をポンと叩かれ、鷹田は姿勢を正し咳払いをした。

それから話題は長官狙撃事件に移った。

鷹田は岡広組の尾上立道と巣鴨万造から聞いた話を伝えた。

「カルマ真仙教の犯行ではない可能性が高いということですね」

杉野が改めて確認すると、

「さて、公安部はどう料理するかというところでしょう」

大石が切り込んだ。

「東参事官はカルマ犯行説一辺倒で捜査を進めそうな気がします」

かねてからの懸念を鷹田は吐露した。

「彼は政治に色気を見せてしまうところがあるかもしれないですね」

「民自党の鶴田《つるた》路線に食い込みたいのですよ。内調室長の大林《おおばやし》路線ともいいますが」

「鶴田代議士はチヨダの先輩ではありますが、パチンコ業界とは太いパイプがありますからね」

二人の会話を聞きながら鷹田は頷いた。

「北とパチンコ関連の話を公安部に報告したときの、東参事官の反応次第で捜査方針はおのずと分かるのではないでしょうか」

そう鷹田が言うと杉野が笑った。

「敵の出方を探るような言い方をしますね」

デスクに戻った鷹田は、北朝鮮ルートについての詳細なメモを管理官による持ち回り決裁の箱に入れた。

　翌日の午後、鷹田は浜谷管理官に呼ばれた。

「お前のメモを見た東参事官は、だいぶお怒りだったぞ」

「北朝鮮説が濃くなると、何か都合の悪いことでもあるのでしょうか」

　鷹田が澄まして言うので浜谷は怪訝な顔つきになった。東は最近、長官狙撃事件について、カルマ真仙教以外の見立てを一切排除すると漏らしているという。

「しかも余計な報告を上げて捜査をかき混ぜる者は、公安部から切るとまで言ったらしいぞ。鷹田も気をつけろよ」

「では参事官の在任中に、教団から逮捕者を出してもらいましょうか」

　つんとした顔で鷹田は言い放つ。

「だから他人事《ひとごと》じゃないと俺は言っている」

　浜谷は呆れたようだ。

「村本でも捕まえたらどうですか」

　依然として村本正雄による容疑は固まっていなかった。

「罪名はどうする」

「どんな些細なことも漏らさずに調べれば何かしら出てきますよ。まだ黙秘を貫いている幹部たちが、もう少ししたら降参して喋りだすかもしれないですし」

「村本といえば、昨日放送されたテレビ番組で奴のインタビュー映像が出たんだ。録画ビデオは長いものではなかったが、その中で村本は教団の資産は一千億あると言っていた。たまげたよ。ふと第一サティアンの金庫が開いた瞬間を思い出した」

また一千億の数字が出た。

「カルマの金については、もっと徹底的に調べないといけないと思います」

やはりここを掘り下げてみる必要がありそうだった。

一九九五年四月二十三日、警察に今年何度目かの激震が走り、世間にも大きなインパクトを与える事件が起きた。

カルマ真仙教東京総本部前で、村本正雄が何者かによって刺されたのだ。すぐに救急搬送され、予断を許さない状況が続いたものの、翌日の午前二時半過ぎに出血多量のため死亡が確認された。

翌朝、鷹田は杉野に呼び出された。

「村本を殺させてしまった……私にとって一生の不覚です」

目を固く瞑って天を仰ぐ杉野は、無念さに打ち震えているようだった。これで村本本人から供述を取る機会が永遠に失われてしまった。教団の口封じか、それとも全く別の第三者による犯行なのだろうか。

　巣鴨から例の話を持ち掛けられた矢先の出来事だっただけに、鷹田もショックを受けた。もしあの時、という後悔の念が湧き上がってくる。

「村本に口を割らせたかった……。とくにサリン製造に関しては、奴が喋らないとはっきりしないことがこれから出てくると思うのです」

　放心したように杉野はぽつりと言った。

「教団の全容解明に、大きな闇を残すことになってしまったかもしれませんね」

すべての犯罪を死んだ幹部に押し付けて、教団は阿佐川を守ろうとするかもしれない。

「鷹田さんは、今回の刺殺事件の背景を至急調べてください。そしてわれわれは何としても阿佐川の逮捕を急がなければなりません」

　杉野はまなじりを決して言った。

「阿佐川の居所はまだわからないのですか」

　鷹田が尋ねると杉野は腕組みをしながら一度だけ頷いた。

「手は打ってあります。必ず数日のうちに……」

その声は鬼気迫るものがあった。

警視庁はその後もカルマ真仙教の幹部の身柄を捕り続け、逮捕者は七十人にのぼった。この頃、第一厚生省大臣の遠田《とおだ》信平《しんぺい》と、第二厚生省大臣の土坂正道《つちさかまさみち》が第二サティアンの地下室で逮捕された。信者への薬物投与に関わる厚生省の幹部が相次いで逮捕されたことは、医師の森康夫への取調べにも大きく影響を及ぼすに違いなかった。

森は逮捕直後から一貫して警察との対決姿勢を崩さなかった。警察への敵意を丸出しにして、阿佐川の説法がいかにすぐれているかを延々と語ったり、翻って警察の横暴さを糾弾したりするばかりで、有用な供述は一向に得られないでいた。

取調べをした捜査一課の担当者は、森を「先生」と呼ぶことで、森に敬意を示しながらプライドを保ってやり、いかに口を割らせるかで苦心していた。毎日粘り腰の取調べが続けられ、五月六日、とうとう事態は急転した。これまで頑として取調べを拒否していた森が、態度を一変させ取調室で泣き崩れたのだ。

突如完落ちしたのである。

「私が……サリンを撒きました」

憑き物が落ちたかのように、悲痛な嗚咽を漏らしながら森は言った。

「人の命を救う医師という立場にありながら、私はなんということを……」

大きく肩で息をしながら森は全身を激しく震わせて慟哭《どうこく》している。

供述調書を取っていた捜査員は呆気にとられながら、しばらく目の前の堕《お》ちた医師を茫然と見つめていた。

「先生、ゆっくりでいいですから」

溢れる涙や洟を拭いながら咳き込む森に、思わず捜査員が声をかける。

「はい……申し訳ありません……本当に申し訳ありません」

それから森は胸の内から絞り出すように、ぽつりぽつりとあの日地下鉄で何が起きたのかを語り始めた。

＊＊＊

貸金庫に眠っている五億円の持ち主とは、一体誰なのだろうか。

ＪＰマネジメントの常務室で、鷹田は社長の藤堂《とうどう》の指示を反芻しながら、十三人のした。


死刑囚の顔を順々に思い浮かべていた。

──早池実知昌、新間智行、土坂正道……。

死刑囚たちの氏名と人物データは今でもすべて正確に思い出せる。

それから鷹田は瞼《まぶた》を閉じて、カルマ真仙教の当時の資産状況を必死に思い出そうとした。

──五億円は何の金だ。どこから出てきたんだ。

古い記憶を辿っていると、かつて第一サティアンで押収したインゴットの姿が目の裏に浮かんだ。

当時、金《きん》の価格はグラム千二百円程度だったものが、現在は五千円を超えている。価値が四倍強に膨らんでいるのだ。さらに教団が所有していた無記名債権は、どこかで現金もしくは金に換えられているはずだった。一千億円といわれた教団の全資産の行方は、実はその多くが未だ分からないままなのだ。

──やはりあの場所へ行ってみるしかない。

鷹田はそう確信すると、秘書の森見《もりみ》に海外航空券の手配を依頼した。


（下巻へつづく）

本書は書下ろしです。

この作品はフィクションですが、オウム真理教による一連の事件捜査に従事した、自らの経験をもとに執筆しました。

著者

|著者| 濱 嘉之　1957年、福岡県生まれ。中央大学法学部法律学科卒業後、警視庁入庁。警備部警備第一課、公安部公安総務課、警察庁警備局警備企画課、内閣官房内閣情報調査室、再び公安部公安総務課を経て、生活安全部少年事件課に勤務。警視総監賞、警察庁警備局長賞など受賞多数。2004年、警視庁警視で辞職。衆議院議員政策担当秘書を経て、2007年『警視庁情報官』で作家デビュー。主な著作に「警視庁情報官」シリーズ、「オメガ」シリーズ、「ヒトイチ　警視庁人事一課監察係」シリーズ、『鬼手　世田谷駐在刑事・小林健』『電子の標的』『院内刑事』などがある。現在は、危機管理コンサルティングに従事するかたわら、ＴＶや紙誌などでコメンテーターとしても活躍している。

カルマ真仙教事件《しんせんきょうじけん》(中)
濱《はま》 嘉之《よしゆき》

講談社文庫
定価はカバーに
表示してあります

2017年8月9日第1刷発行

発行者――鈴木　哲
発行所――株式会社　講談社
東京都文京区音羽2-12-21　〒112-8001
電話 出版 (03) 5395-3510
販売 (03) 5395-5817
業務 (03) 5395-3615
Printed in Japan

デザイン―菊地信義
本文データ制作―講談社デジタル製作
印刷―――凸版印刷株式会社
製本―――株式会社国宝社

ISBN978-4-06-293745-0

講談社文庫刊行の辞

二十一世紀の到来を目睫に望みながら、われわれはいま、人類史上かつて例を見ない巨大な転換期をむかえようとしている。

世界も、日本も、激動の予兆に対する期待とおののきを内に蔵して、未知の時代に歩み入ろうとしている。このときにあたり、創業の人野間清治の「ナショナル・エデュケイター」への志を現代に甦らせようと意図して、われわれはここに古今の文芸作品はいうまでもなく、ひろく人文・社会・自然の諸科学から東西の名著を網羅する、新しい綜合文庫の発刊を決意した。

激動の転換期はまた断絶の時代である。われわれは戦後二十五年間の出版文化のありかたへの深い反省をこめて、この断絶の時代にあえて人間的な持続を求めようとする。いたずらに浮薄な商業主義のあだ花を追い求めることなく、長期にわたって良書に生命をあたえようとつとめるところにしか、今後の出版文化の真の繁栄はあり得ないと信じるからである。

同時にわれわれはこの綜合文庫の刊行を通じて、人文・社会・自然の諸科学が、結局人間の学にほかならないことを立証しようと願っている。かつて知識とは、「汝自身を知る」ことにつきていた。現代社会の瑣末な情報の氾濫のなかから、力強い知識の源泉を掘り起し、技術文明のただなかに、生きた人間の姿を復活させること。それこそわれわれの切なる希求である。

われわれは権威に盲従せず、俗流に媚びることなく、渾然一体となって日本の「草の根」をかたちづくる若く新しい世代の人々に、心をこめてこの新しい綜合文庫をおくり届けたい。それは知識の泉であるとともに感受性のふるさとであり、もっとも有機的に組織され、社会に開かれた万人のための大学をめざしている。大方の支援と協力を衷心より切望してやまない。

一九七一年七月

野間省一

講談社文庫 最新刊

濱 嘉之
カルマ真仙教事件(中)
教団施設に対する強制捜査が二日後に迫った朝、地下鉄で毒ガスが撒《ま》かれたとの一報が。

堂場瞬一
身代わりの空(上)(下)
〈警視庁犯罪被害者支援課4〉
旅客機墜落、被害者は指名手配犯だった。堂場ミステリ最大の謎に挑む。〈文庫書下ろし〉

松岡圭祐
八月十五日に吹く風
一九四三年、窮地において人道を貫き、歴史を変えた奇跡の救出作戦。〈文庫書下ろし〉

香月日輪
大江戸妖怪かわら版⑦
〈大江戸散歩〉
魔都「大江戸」の日常を描いた妖怪ファンタジー。6つの短篇を収録したシリーズ最終巻。

呉 勝浩
道徳の時間
道徳の時間を始めます。殺したのはだれ？江戸川乱歩賞受賞作を完全リニューアル。

有栖川有栖
名探偵傑作短篇集 火村英生篇
名探偵・火村英生と相棒の作家・有栖川有栖が巧妙なトリックに挑む。プロ厳選の短篇集。

島田荘司
名探偵傑作短篇集 御手洗潔篇
名探偵・御手洗潔と相棒・石岡和己が数々の怪事件に挑む。プロ厳選のベスト短篇集。

法月綸太郎
名探偵傑作短篇集 法月綸太郎篇
名探偵・法月綸太郎と父・法月警視の親子コンビが不可能犯罪に挑む。プロ厳選の短篇集。

石田衣良
逆 島 断 雄
〈進駐官養成高校の決闘編1〉
日乃元皇国のエリートが集《つど》う進駐官養成高校に入学した逆島断雄は、命をかけた闘いに挑む！

講談社文芸文庫

黒島伝治

橇／豚群

人と作品＝勝又 浩 年譜＝戎居士郎

プロレタリア文学運動の潮流の中で、写実的な文章と複眼的想像力によって農民、労働者の暮らしや戦争の現実を活写した著者の、時代を超えた輝きを放つ傑作集。

978-4-06-290356-1
くJ1

ヘンリー・ジェイムズ 行方昭夫 訳

ヘンリー・ジェイムズ傑作選

解説＝行方昭夫 年譜＝行方昭夫

二十世紀文学の礎を築き、「心理小説」の先駆者として数多の傑作を著したジェイムズの、リーダブルで多彩な魅力を伝える全五篇。正確で流麗な翻訳による決定版。

978-4-06-290357-8
シA5

端田　晶　とりあえず、ビール！〈続・酒と酒場の耳学問〉

早瀬詠一郎　早《さ》烏《がらす》〈裏十手からくり草紙〉

早瀬詠一郎　つげの箸〈裏十手からくり草紙〉

早瀬詠一郎　平手造《み》酒《き》

早瀬　乱　三年坂　火の夢

早瀬　乱　レイニー・パークの音

初野　晴　1/2の騎士

初野　晴　トワイライト博物館《ミュージアム》

初野　晴　向こう側の遊園

原　武史　滝山コミューン一九七四

原　武史　沿線風景

濱　嘉之　警視庁情報官〈シークレット・オフィサー〉

濱　嘉之　警視庁情報官　ハニートラップ

濱　嘉之　警視庁情報官　トリックスター

濱　嘉之　警視庁情報官　ブラックドナー

濱　嘉之　警視庁情報官　サイバージハード

濱　嘉之　警視庁情報官　ゴーストマネー

濱　嘉之　鬼《き》手《しゅ》〈世田谷駐在刑事・小林健〉

濱　嘉之　電子の標的〈警視庁特別捜査官・藤江康央〉

濱　嘉之　列島融解

濱　嘉之　オメガ　警察庁諜報課

濱　嘉之　オメガ　対中工作

濱　嘉之　ヒトイチ　警視庁人事一課監察係

濱　嘉之　ヒトイチ　画像解析〈警視庁人事一課監察係〉

濱　嘉之　ヒトイチ　内部告発〈警視庁人事一課監察係〉

濱　嘉之　カルマ真仙教事件(上)

橋本　紡　彩乃ちゃんのお告げ

馳　星周　やつらを高く吊せ

馳　星周　ラフ・アンド・タフ

早見　俊　双子同心捕物競い

早見　俊　右近の鯔背《いなせ》銀杏《いちょう》〈双子同心捕物競い㈡〉

早見　俊　同心の鑑《かがみ》〈双子同心捕物競い㈢〉

早見　俊　上方与力江戸暦

畠中　恵　アイスクリン強し

畠中　恵　若様組まいる

はるな愛　素晴らしき、この人生

葉室　麟　風渡る

葉室　麟　風の軍師〈黒田官兵衛〉

葉室　麟　星火瞬く

葉室　麟　陽《かげ》炎《ろう》の門

葉室　麟　紫匂う

葉室　麟　山月庵茶会記

長谷川　卓　嶽《がく》神《じん》〈上・白銀《しろがね》渡り〉〈下・湖底の黄金〉

長谷川　卓　嶽神伝《がくじんでん》　無《む》坂《さか》(上)(下)

長谷川　卓　嶽神伝《がくじんでん》　孤《こ》猿《えん》(上)(下)

長谷川　卓　嶽神伝《がくじんでん》　鬼《き》哭《こく》(上)(下)

長谷川　卓　嶽神列伝　逆渡《さかわた》り

HABU　誰の上にも青空はある

幡　大介　猫間地獄のわらべ歌

幡　大介　股旅探偵　上州呪い村

原田マハ　夏を喪くす

原田マハ　風のマジム

原田マハ　あなたは、誰かの大切な人

羽田圭介　「ワタクシハ」

原田ひ香　アイビー・ハウス

原田ひ香　人生オークション

花房観音　女坂

講談社文庫　目録

講談社文庫　目録

東野圭吾　どちらかが彼女を殺した
東野圭吾　名探偵の掟
東野圭吾　悪意
東野圭吾　私が彼を殺した
東野圭吾　嘘をもうひとつだけ
東野圭吾　時生
東野圭吾　赤い指
東野圭吾　流星の絆
東野圭吾　新装版 浪花少年探偵団
東野圭吾　新装版 しのぶセンセにサヨナラ
東野圭吾　新参者
東野圭吾　麒麟の翼
東野圭吾　パラドックス13
東野圭吾　祈りの幕が下りる時
東野圭吾作家生活25周年祭り実行委員会　東野圭吾公式ガイド（読者1万人が選んだ東野作品人気ランキング発表）
広田靚子　イギリス花の庭
姫野カオルコ　ああ、懐かしの少女漫画
姫野カオルコ　ああ、禁煙vs.喫煙
日比野　宏　アジア亜細亜 無限回廊
日比野　宏　アジア亜細亜 夢のあとさき
日比野　宏　夢街道アジア
平山壽三郎　明治おんな橋
平山壽三郎　明治ちぎれ雲
火坂雅志　美食探偵
火坂雅志　骨董屋征次郎手控
火坂雅志　骨董屋征次郎京暦
平野啓一郎　高瀬川
平野啓一郎　ドーン
平野啓一郎　空白を満たしなさい(上)(下)
平山　譲　ありがとう
平山　譲　片翼チャンピオン
平田俊子　ピアノ・サンド
ひこ・田中　新装版 お引越し
平岩正樹　がんで死ぬのはもったいない
百田尚樹　永遠の0《ゼロ》
百田尚樹　輝く夜
百田尚樹　風の中のマリア
百田尚樹　影法師
百田尚樹　ボックス！(上)(下)
百田尚樹　海賊とよばれた男(上)(下)
ヒキタクニオ　東京ボイス
ヒキタクニオ　カワイイ地獄
平田オリザ　十六歳のオリザの冒険をしるす本
平田オリザ　幕が上がる
ビッグイシュー
枝元なほみ　世界一あたたかい人生相談
久生十蘭　久生十蘭「従軍日記」
東　直子　さようなら窓
東　直子　らいほうさんの場所
東　直子　トマト・ケチャップ・ス
平敷安常　キャパになれなかったカメラマン(上)(下)〈ベトナム戦争の語り部たち〉
樋口明雄　ミッドナイト・ラン！
樋口明雄　ドッグ・ラン！
平谷美樹　藪の奥〈眠る義経秘宝〉
平谷美樹　小倫敦の幽霊〈居留地同心・凌之介秘帳〉
蛭田亜紗子　人肌ショコラリキュール
樋口卓治　ボクの妻と結婚してください。
樋口卓治　続・ボクの妻と結婚してください。

2017年6月15日現在